KB078485

天魔神教
洛陽本部

천마신교
낙양본부

천마신교 낙양본부 24

정보석 新무협 판타지

초판 1쇄 찍은 날 § 2022년 5월 13일
초판 1쇄 펴낸 날 § 2022년 5월 20일

지은이 § 정보석
펴낸이 § 서경석

편집책임 § 이준영
디자인 § 노종아

펴낸곳 § 도서출판 청어람
등록번호 § 제387-1999-000006호
등록일자 § 1999. 5. 31
어람번호 § 제2-2909호

본사 § 경기도 부천시 부일로 483번길 40 서경B/D 3F (우) 14640
편집부 § 서울시 구로구 디지털로 272 한신IT타워 404호 (우) 08389
전화 § 02-6956-0531   팩스 § 02-6956-0532
http://www.chungeoram.com
E-mail § chungeorambook@daum.net

ISBN 979-11-04-92431-6 04810
ISBN 979-11-04-92204-6 (세트)

天魔神教
洛陽本部

정보석 新무협 장편소설

FANTASTIC ORIENTAL HEROES

천마신교
낙양본부

24
[완결]

天魔神教
洛陽本部

천마신교
낙양본부

例次

第一百十六章   7

第一百十七章   69

第一百十八章   133

終章   195

外章   211

第一百十六章

운정과 스페라가 공간이동하자, 사방에서 숨 막힐 듯한 마기가 그들을 반겼다.

"아, 괜찮아. 우리 편이야."

신균의 한마디에 흑룡대 전원이 마기를 점차 줄였다.

운정은 손을 뻗어 스페라를 막았다.

"괜찮아요. 아군이에요."

운정의 말에 스페라의 눈에서도 살기가 줄었다.

신균은 그 모습을 보며 놀라지 않을 수 없었다.

오십여 명의 흑룡대 전원의 마기를 받으면서, 얼굴 표정 하나 변하지 않고 살기를 품을 수 있는 사람이 몇이나 되겠는가?

운정은 바닥에 놓인 소소를 바라보며 말했다.

"심검마선은 어디 계십니까? 청룡궁의 용들은요?"

신균이 한쪽으로 고갯짓하며 말했다.

"그 기를 멈추는 괴상한 진법 말이오, 용들만 쓰는. 그걸 화산 전체에 펼치려고 청룡궁의 용들을 이끌고 떠났소. 아마 화산을 둘러싸려고 하나 보오."

운정은 흑룡대 전원이 그가 준 나리튬 클록을 입고 있는 것을 보며 말했다.

"나리튬 클록이 있으면 어차피 마법이 통하지 않을 텐데요?"

"나리… 뭐라고?"

"입고 계신 외투 말입니다."

신균이 자신의 어깨를 돌아보며 말했다.

"이 황포 말이오? 아, 그러고 보니 잘 쓰고 돌려줘야 한다고 했던 거 같은데, 그게 태극마선을 말하는지는 몰랐소."

보아하니, 신균은 계획에는 관심이 없고 그저 한바탕 싸우러 온 것 같았다.

운정이 물었다.

"얼마나 걸린다고 하였습니까?"

신균이 하늘을 올려다보다가 말했다.

"흐음, 한 시진 전에 한 시진이 걸린다고 했으니, 이제 곧 오겠지. 너무 걱정 마시오. 심계가 깊은 그가 소소까지 여기 두고 움직였다면, 그래도 괜찮으니까 움직인 것이겠지."

운정이 중얼거리듯 말했다.

"괜히 소소에 좌표를 걸어 두었군요. 피치 못할 상황이 벌어져도 소소를 가지고 계시리라 믿었기에 그렇게 한 것인데……."

신균은 그 말을 듣고 뭔가 이해한 듯 고개를 숙였다.

"아, 그 공간이동하는 그 마법이, 이 옥소의 위치로 가게끔 한 것이오?"

"그렇습니다."

"오호, 그래서 심검마선이 이걸 놓고 간 것이로군. 내 마법을 은근히 경시하는 면이 있었지만, 방금 보인 공간이동도 그렇고 옆에 계신 마법사도 그렇고… 오늘은 참 내 생각이 많이 달라지는 것 같소."

그때 모두가 같은 쪽을 바라보았고, 신균이 나지막하게 말을 이었다.

"오는군."

곧 피월려가 도착했다.

그가 운정을 보곤 말했다.

"시간을 맞춰서 오려 했는데, 조금 늦었군. 마찰이 없어서 다행이오."

그 말에 신균이 씩 웃었다.

"날 너무 망나니로 생각하시오, 심검마선. 이 상황에 내가 다짜고짜 싸움이라도 걸었을 것 같소?"

"장담하건대, 지금 강령학파와의 전투를 앞두고 있지 않았다면 흑룡대주께서는 진작 스페라에게 싸움을 걸었을 것이오. 마법에 대한 호승심을 참을 수 없으셨을 테니까."

신균은 웃음을 유지하는 것으로 대답을 대신했다.

운정이 피월려에게 말했다.

"우리에겐 나리튬 클록이 있으니, 청룡궁의 용들을 배치하지 않으셔도 되지 않았습니까?"

피월려가 말했다.

"청룡궁의 용들은 우릴 위한 것이 아니오. 며칠 전, 본부에선 이미 다수 마인들을 지원 보냈었소. 공간 마법진이 완성되기 전이라 모두 경공으로 왔지. 그리고 지금 막 모두 도착하여 화산을 큰 범위에서 포위하고 있소. 화산 전체에 잔존하는 모든 강령학파 마법사들을 뿌리 뽑기 위해서 청룡궁의 용들과 낙양본부의 마인들로 밖에서부터 점차 안으로 좁혀 나갈 것이오."

"그럼 저희는?"

"우리는 곧장 중앙으로 파고들어 화경전으로 갈 것이오. 그리고 그곳을 지키고 있는 부교주와 합류하여 안에서부터 공격을 감행할 것이오. 안과 밖에서 동시에 공격하면, 병법에 무지한 마법사들을 상대로 손쉽게 승리할 수 있을 것이오."

이때 스페라가 말했다.

"안으로 파고들었을 때, 내가 같이 가서 노마나존을 펼치는 건 어때요? 나리튬 클록 덕에 마법에 면역이긴 하지만, 아예 그들이 마법을 쓰지 못하게 하는 것이 더 좋을 거예요."

그 말에 피월려가 대답했다.

"그러면 동시에 우리도 발경을 할 수 없을 것이오. 마법이 통하지 않으면서 무공을 마음껏 펼칠 수 있는 상황이 최적이라 생각하오."

"그래도 적이 마법을 아예 못 쓰는 게 나을 수 있어요. 나리튬 클록은 엄연히 착용한 사람에게 마법 면역을 주는 거지 적의 마법을 봉하는 게 아니에요. 이토록 마나가 풍부한 곳에서는 마법사가 자연 만물을 마음대로 다스리며 공격할 거예요. 하늘에서 불덩이가 떨어지고 바닥이 마구 꺼질 텐데, 괜찮으시겠어요?"

신균이 갑자기 끼어들더니 큰 소리로 말했다.

"그러니까, 싸우는 맛이 있지. 만약 싸움을 재미없게 만든다면, 흑룡대는 즉각 낙양본부로 돌아갈 것이오."

스페라가 날카로운 눈초리로 그를 째려보는데, 피월려가 말했다.

"스페라께서 무슨 말씀을 하시고자 하는지 아오. 노마나존으로 마법을 봉해 버리면 그들은 일반인과 다를 바 없고, 우리는 무공을 아예 못 쓰는 건 아니니 더 유리하다는 말이지 않소?"

"그래요."

"하지만 그건 강시들의 존재를 간과해서 그렇소. 화산에는 수백 수천, 아니, 수만의 시체들이 있소. 강령학파가 사천과 감숙 그리고 운남성을 돌면서 모조리 긁어모은 양이지. 그리고 그들 중 대부분은 무림인이요. 발경하지 않고 어떻게 이들을 뚫어 낼 수 있겠소?"

스페라가 더 반박하려고 했지만, 이번엔 운정이 그녀에게 말했다.

"과거 델라이의 외각에서, 십여 명의 호법원들이 수백의 기사들을 노마나존 안에서 상대한 일이 있습니다. 호법원들은 모두 절정에 이르렀기에 원래라면 반각도 되지 않아 대학살이 벌어졌을 겁니다. 그러나 발경을 못 하니 파괴력이 떨어져, 수적 우위를 이겨 내지 못했습니다."

"……"

"그뿐만 아니라 중원에서도, 노마나존 내에선 초절정 고수가 몇 십여 명의 일류 고수에게 당한 사건도 있었습니다. 때문에 전 오히려 저들이 노마나존을 펼치지 않을까 걱정입니다."

운정까지 그렇게 말하자 스페라는 납득할 수밖에 없었다.

그녀가 전부를 향해서 말했다.

"좋아요. 대신 한 가지만 기억하세요. 행여나 마법을 얕잡아 보았다가는 허무하게 죽어 나갈 거예요. 특히나 화산은 마나가 너무나도 풍부해요. 마법진으로 끌어모은 것보다 더 진하다고요. 그 안에서 마법사 개개인이 전부 신과 같을 겁니다."

"그리고 스페라께서는 그들보다 더욱 강한 신일 것이오. 잘 부탁드리겠소."

피월려가 포권을 취하니, 스페라는 한숨을 쉬고는 알았다는 듯 고개를 끄덕였다.

그가 고개를 돌려 운정에게 말했다.

"반시진 뒤, 본교의 마인들이 청룡궁의 용들과 함께 포위망을 줄일 것이오. 동시에 모두 전속력으로 화경전으로 가, 마법사들을 도륙할 것이오. 그리고 운정 도사, 당부하건대 이번만큼은 불살을 주장하실 수 없소. 저들이 중원 각지를 돌며 죽이고 부린 수만의 시체들을 보면, 저들의 목숨을 취하는 것에 조금도 악한 것이 없음을 아실 것이오. 또한 그들은 이후 세를 확장하고자 화산을 침범하고, 그 정기를 이용하여 더 많은 시체를 양산하려 하니, 오히려 사람을 살리는 길이라 생각하시오."

운정이 고개를 끄덕였다.

"걱정하지 마십시오. 전 그들에겐 이미 충분한 기회를 주었었습니다. 이제는 심판만이 남아 있을 뿐입니다."

피월려가 모두를 향해 돌아보며 말했다.

"좋소. 그럼 모두들 한 시진 동안 전신의 기운을 최고조로 끌어올리시오. 스페라, 혹 우리들의 기운을 숨겨 주실 수 있소?"

스페라가 말했다.

"물론이지요. 망도 봐 드리도록 하겠습니다."

이후 피월려와 운정 그리고 흑룡대 전원이 가부좌를 틀고 내공심법을 운용했다. 운정과 피월려는 그래도 괜찮았지만, 신균을 포함한 흑룡대 전원은 무지막지한 마기를 전신에서 뿜어냈다. 스페라는 혀를 내두르며 그 기운들을 은폐하며 최대한 하늘 위로 올려내서 뱉어냈다.

시간이 되자, 모두들 눈을 떴다.

다들 눈빛에서 강한 마기가 일렁이는 것이, 당장에라도 눈 아래로 뚝뚝 떨어질 것만 같았다.

스페라가 그들에게 말했다.

"망보면서 화산 내부도 탐색해 봤어요. 보아하니, 마법사들이 서로에게서 최대한 멀리 떨어져서 수준을 올리려고 하는 것 같더군요. 아마 화산의 정기를 최대한으로 끌어다 쓰려고 그러는 것이겠지요."

그 말에 피월려가 말했다.

"그럼 정기가 진한 곳일수록 모여 있겠소."

"맞아요."

"가장 많이 모여 있는 곳이 어디요?"

그녀가 손가락을 들어서 말했다.

"저쪽 방향으로 12㎞ 정도."

다들 운정을 보자, 운정이 말했다.

"30리 정도 됩니다."

피월려가 턱에 손을 가져가며 말했다.

"화산의 화경전은 화산의 장문인이 머무는 곳이기도 하니, 정기가 가장 진한 곳에 있을 것이오."

"제가 스페라를 들고 앞장설 테니 따라오십시오. 발을 맞추겠습니다."

"좋소."

스페라의 얼굴이 살짝 붉게 물들었다.

그녀는 천천히 운정에게 다가왔는데, 운정이 왼손을 살짝 펴자 그녀의 몸이 둥실 떠올랐다.

"으앗?"

운정이 경공을 펼쳐 앞서 나가자, 그녀의 몸도 빠르게 운정 옆으로 따라왔다.

스페라는 뚱한 표정으로 운정을 흘겨보았으나, 운정은 그녀의 속도 모르고 말했다.

"스페라, 길을 다시 한번 알려 주실 수 있겠습니까?"

스페라는 한숨을 쉬었다.

긴박한 전투를 앞에 두고 투정을 부릴 순 없던지라, 군말하지 않고 지팡이를 들었다.

그러자 희미한 녹색 불빛이 운정의 앞에 나타났다.

"그 불빛을 따라가면 돼."

"……"

그 순간 운정의 방향이 묘하게 틀어졌다. 이상하게도 오히려 녹색 빛이 가리키는 방향에서 살짝 벗어난 방향이었다.

이상함을 느낀 스페라가 다시 물었다.

"뭐야? 왜 그쪽으로 가?"

운정이 나지막하게 말했다.

"매화검수들입니다."

"응?"

그렇게 말한 운정은 고개를 돌려 피월려를 보았다.

운정이 뭐라 하기 전에 피월려가 먼저 입을 열었다.

"탈출을 했나 보오. 먼저 그들을 만나 보도록 하지."

운정은 고개를 끄덕였다.

"예."

매화검수들도 그들을 발견했는지 빠르게 달려왔다.

손소교는 운정을 보곤 천천히 속도를 줄였다.

"오셨군요… 저만한 마기라면… 흑룡대인가요?"

뒤따라온 피월려가 급히 그녀에게 되물었다.

"부교주가 안 보이는군. 어디 계시오?"

손소교는 마른침을 삼키더니 말했다.

"부교주님과 단주님은 뒤에 남으셨습니다. 저희에게 시간을 벌어 주……."

그 순간 모두의 고개가 하나처럼 움직이며 뒤를 향했다.

뒤에서 느껴진 가공할 기의 파동에, 모두가 시선을 빼앗긴 것이다.

피월려가 말했다.

"향검이로군."

손소교가 고개를 저었다.

"그럴 리가. 현 상태로는 절대 펼치실 수 없을 텐데요."

"일단은 다 같이 가 보도록 하지."

그들은 함께 경공을 펼쳐, 훤히 탁 트인 작은 공터에 이르렀다.

그곳엔 거대한 꽃 한 송이가 활짝 피어 있었다.

수십, 수백, 수천에 달하는 시체들이 쓰러진 채 꽃받침을 이루고 있었고, 그 중심에는 이제 막 춤을 마친 아름다운 여인이 있었다.

운정의 표정이 살짝 굳는 것을 본 스페라는 눈초리를 모았다.

하지만 별다른 말을 하지 않았다.

"단주!"

모두는 곧 나지오와 정채린 앞에 당도했다.

"……."

"……."

운정은 아무 말도 하지 않았다.

정채린 역시 그를 한 번 흘겨보고는 아무 말도 하지 않았다.

침묵 중에 나지오가 피월려에게 외쳤다.

"이 굼벵이 자식아! 내가 보름 가까이 얼마나 지랄 같은 꼴이었는지 알아?"

그가 건강한 것을 본 피월려가 안도의 미소를 지었다.

"다행이오, 부교주. 정말 다행이오."

"다행이긴 개뿔."

피월려는 피식 웃고는 말했다.

"매화검수들은 부교주와 함께 쉬시오."

이에 손소교가 말했다.

"이는 화산의 일이에요. 저희가 돕겠어요."

그 말에 피월려가 고개를 저었다.

"매화검수들의 무공을 믿지 못하는 것이 아니오. 다만 마법 앞에는 경지에 상관없이 즉사할 수 있는 위험이 있소. 애초에 그렇기에 상대하지 않고 이렇게 탈출한 것 아니오? 우리는 마법을 무효화하는 외투를 입고 있소. 그러니 우리가 강령학파를 상대하는 것이 맞소."

손소교가 지지 않고 말했다.

"죄송하지만, 이는 화산의 일이에요. 너무나 부끄럽고 염치없지만 혹시라도 그 외투들을 넘겨주신다면 저희가……."

나지오가 그녀의 말을 잘랐다.

"됐다. 그들에게 맡겨라. 지금은 자존심을 부릴 때가 아니야."

나지오의 단호한 어투에 손소교는 몇 번이고 입술을 열었지만, 어쩔 수 없이 입을 다물었다.

피월려가 그에게 말했다.

"청룡궁의 용들의 도움을 이끌어 내느라 시간이 걸렸소. 천마신교 마인들이 노마나존 안에서 화산을 넓게 포위하고 좁힐 것이고, 우리는 안으로 파고들어 중심에서부터 공격할 것이오. 안팎으로 공격하니, 저들이 쉬이 대처하지 못하리라 생각하오."

나지오는 그 말 한마디에 피월려의 계획을 모두 이해했다.

"흠, 좋은 생각이야. 그런데 마법이 통하지 않는 외투라… 혹 운정 도사가 가져온 것인가?"

피월려가 고개를 끄덕였다.

"그렇소."

"여분은 있고?"

"양이 많지 않아, 부교주를 위한 것 하나뿐이오."

나지오는 고개를 여러 차례 끄덕이며 말했다.

"이 정도 인원이면… 흐음, 속전속결로 끝나겠군."

이에 운정이 딱딱한 어투로 말했다.

"속전속결로 끝내야만 합니다."

말에서 뼈를 느낀 나지오가 고개를 갸웃하는데, 피월려가 운정에게 말했다.

"부교주의 회복엔 화산의 선기가 필요할 테니, 더더욱 화산의 중앙을 확보하겠소. 운정 도사, 혹 내 소소에 좌표를 넣은 것처럼 그에게도 좌표를 넣어, 나중에 그를 소환할 수 있겠소?"

운정은 고개를 끄덕였다.

"지금 하도록 하지요. 소소를 보여 주십시오. 거기서 좌표를 꺼내 태룡향검에게 좌표를 두겠습니다."

이에 스페라가 말했다.

"내가 할게, 운정. 마법은 최대한 쓰지 마. 좌표를 심은 것도 사실 하지 말았어야 했는데."

"……."

스페라는 앞으로 나서서 피월려의 소소를 받았다.

[마킹(Marking)].

그 안에 담긴 좌표가 사라지자, 나지오에게 다가갔다.

"검을 주세요. 좌표를 넣어 드리지요."

나지오는 잠시 고민하더니, 곧 자신의 외투를 벗어서 주었다.

"외투에 부탁해. 이 검은 화산의 신물이라 타인의 손에 맡기기 어려워."

스페라는 묵묵히 그의 외투를 받았다.

[마킹(Marking)].

그녀는 외투에 좌표가 잘 들어간 것을 확인하곤 그에게 돌려주었다.

나지오가 외투를 입고 있는 한 이젠 언제라도 그를 데려올 수 있을 것이다.

피월려가 그에게 말했다.

"매화검수들은 낙양본부에 돌아가는 건 어떻소?"

나지오는 고개를 저었다.

"아니야, 괜찮아. 밖에서부터 포위망을 좁힌다며. 거기에 합류해서 도와야지. 그나저나 청룡궁의 용들은 어떻게 끌고 온 거야?"

피월려는 살짝 웃었다.

"청룡과 몇 마디 대화를 나눴을 뿐이오."

나지오는 고개를 절레절레 흔들었다.

"하여간 네놈 심계는… 알아줘야 한다니까."

"하하하."

나지오는 턱을 괴며 조금 고민하더니 말했다.

"그럼 연합군 내에서 혹시 모를 마찰이 있을 수도 있겠어. 어쨌든 마인들과 청룡궁의 용들은 서로 대적하는 사이였으니까."

피월려도 턱을 한 번 쓸었다.

"흐음, 교주명을 감히 어길 마인들이 있을까 하지만, 그래도 안전장치가 없는 것보다는 낫겠소. 혹시 매화검수들이 둘 사이를 중재하는 건 어떻소? 매화검수들도 양쪽에 감정이 없지는 않겠지만, 당장 화산을 되찾는 것이 중요한 만큼 둘 사이를 중재하는 것에도 열심일 것이오."

마치 매화검수들이 전혀 듣고 있지 않다는 듯 말하는 피월려의 어법은 참으로 묘했다. 매화검수들은 뭔가 설명할 수 없는 불쾌감을 느꼈다.

하지만 그렇다고 피월려의 논리가 틀린 건 아니다. 그의 말대로, 매화검수가 아무리 청룡궁의 용과 천마신교 마인들에게 나쁜 감정이 있다 해도, 화산을 되찾기 위해선 무조건 둘의 연합을 이끌어 낼 것이기 때문이다.

나지오도 이 모든 것을 느끼곤 툭 하니 말했다.

"네 혓바닥은 어째 둔해지는 법이 없냐? 아니면 이미 다 계산한 거냐?"

피월려는 어깨를 들썩였다.

"둘 중 무엇이 사실인지 뭐가 중요하겠소. 아무튼 매화검수들에게 당부하는데, 혹시라도 용들과 마인들 사이에 분란이 생기면 괜히 이를 검으로 해결하려 하지 마시오. 용에게는 청룡의 명령을, 마인에게는 교주님의 명령을 어길 셈이냐고 차갑게 일갈하면 아무 말 못 할 테니."

나지오는 기가 막힌 듯 말했다.

"얼씨구? 방법까지 알려줘? 응? 쟤들이 애들이냐? 참 나, 알아서 하겠지."

피월려는 이내 모두에게 포권을 취해 보이곤 말했다.

"그럼 이만 가 보도록 하겠소. 다들 무사하길 빌겠소."

그가 떠나려 하자, 신균과 흑룡대도 경공을 펼치려 했다. 그런데 그때 운정이 피월려에게 말했다.

"잠시, 대화를 하고자 합니다."

피월려는 그를 물끄러미 보다가 말했다.

"스페라는?"

운정이 스페라를 보며 말했다.

"먼저 가세요, 스페라. 곧 따라가겠습니다."

스페라는 눈초리를 모으고 운정을 빤히 바라보았다.

수만 가지의 감정과 말이 속에서 올라오는 듯했으나, 다행히 그녀는 일절 내색하지 않았다. 여기서 감정을 내비치는 것이 곧 지는 것임을 알았기에, 가까스로 참아 낸 것이다.

그녀는 기억했다.

그가 앞으로 여생을 같이 행복하게 산다고 한 것을.

때문에 그녀는 여유롭게 웃을 수 있었다.

"응, 잘 이야기하고 와."

그녀는 지팡이를 위로 뻗으며 가속 마법을 펼쳤다.

피월려는 둘 사이를 번갈아 보다가, 곧 경공을 펼쳤다. 그의 뒤를 신균과 흑룡대 그리고 스페라가 따라갔다.

운정은 나지오와 매화검수들에게 고개를 돌렸다.

"여러분들께서 정 소저와 함께하는 것을 보면 모든 오해가 풀린 것으로 보입니다. 하지만 오해가 풀리는 것으로 해결되지 않을 제 과오가 있을 줄 믿습니다."

이에 매화검수들 사이에서 한 남자가 걸어 나왔다.

그는 노골적으로 전신에서 살기를 내뿜었다.

"나를 기억하는가, 운정 도사?"

운정은 고개를 끄덕였다.

"이름이 석왕조라고 알고 있습니다."

"하하, 나 따위는 기억도 못 할 줄 알았는데, 이거 감사해서 어쩌나?"

운정은 그를 지그시 바라보며 대답했다.

"제가 소청아를 죽였을 때에, 석 소협께서는 누구보다도 분노하셨습니다. 때문에 기억하지 못할 수 없지요."

그는 이를 바득 갈았다.

그러더니 씹어 내뱉듯 말했다.

"우리가 널 오해한 것은 맞다. 하지만 네가 소 사매를 죽인 건 어떠한 말로도 변명할 수 없을 것이다."

"……."

"넌 위기에 몰려서 어쩔 수 없이 소 사매를 죽인 것이 아니야! 그녀를 죽일 때, 쾌락에 젖어 있던 네 표정을 난 아직도 기억한다! 광소를 토해 내며 우리를 조롱하던 눈빛으로 쳐다본 것을 똑똑히 기억해!"

그때 손소교가 나지막하게 말했다.

"당시 운정 도사님은 마성에 젖어 있으셨어요. 주화입마와 같지요. 그를 비난하실 수 없어요."

그 말에 석왕조는 그녀를 휙 돌아봤다.

"왜지? 왜 비난할 수 없지? 그렇게 따지면 중원에 존재하는 모든 마인들은? 그들이 저지르는 수많은 살인들은? 다 마성에 젖어서 저지른 일이니까, 눈감고 용서해 줘야 하나? 그런 건가?"

"……"

석왕조는 소청아를 사랑했다. 아니, 지금도 사랑한다. 그는 그녀의 마음을 온전히 얻지는 못했지만, 자신의 마음을 온전히 소청아에게 주었었다. 이를 잘 알고 있는 손소교는 차마 아무런 말도 할 수 없었다.

석왕조는 다시금 운정을 보며 말했다.

"운정 도사, 내가 분명히 말하마. 네가 화산을 구해 주는 것으로 네가 저지른 죄악이 사라지리라 믿는다면 큰 오산이다. 살인자가 아무리 참회한다 할지라도 그 살인이 없었던 것으로는 되지 않아. 백도 중의 백도인 무당의 제자인 네가 누구보다도 더 잘 알 것이다."

운정은 고개를 끄덕였다.

"알고 있습니다. 때문에 여러분들에게 부탁드릴 일이 있습니다. 제가 소청아를 살릴 수 있도록 도와주십시오."

그 말에 석왕조의 얼굴이 굳었다.

"뭐?"

운정은 매화검수들을 모두 돌아보며 말했다.

"제게는 소청아를 살릴 수 있는 방법이 있습니다. 그러니 이 싸움이 끝난 후, 그녀의 시신을 제게 양도해 주시면 그녀를 되살려 보이겠습니다."

"……."

"……."

죽은 이를 살린다?

모두들 아무런 말도 못하고 있는데 나지오가 나지막하게 물었다.

"그녀를 강시로 만들겠다 뭐 이런 개소리는 아니겠지, 태극마선? 만약 그따위 소리를 지껄인 거면 나도 더 못 참는다."

운정이 고개를 저었다.

"아닙니다. 설마 제가 여러분들을 감히 능멸하려 하겠습니까? 제가 말씀드린 건, 그녀가 살아 있었을 때 그대로 살려 내겠다는 것입니다."

"……."

"……."

"저를 믿어 주십시오. 이는 매우 어렵고 복잡하며 큰 희생이 따르는 마법입니다만, 가능한 일입니다."

담담하기에 더욱더 신뢰가 가는 목소리.

석왕조를 포함해서 모두들 어떻게 대답해야 할지 알 수 없어 침묵을 지켰다.

그때 정채린이 입을 열었다.

"알겠습니다, 운정 도사님. 청아는 저희가 잘 데리고 있겠습니다. 모든 일을 마치신 뒤에, 필요할 때 연락을 주시면 내어 드리겠습니다."

운정이 그녀를 보았다.

"삼 일 뒤에 다시 찾아오겠습니다."

정채린도 운정을 바라보았다.

"알겠습니다. 꼭 그녀를 살려 주십시오."

어리고 서툴렀던 남녀는 이제 성숙해진 서로의 눈빛으로 마주 보았다.

운정이 포권을 취했다.

"성취를 축하드립니다. 외투는 정 소저가 입어야겠군요."

"이따 숙부를 대신해서 또 뵙도록 하겠습니다."

담담한 두 마디를 주고받은 그들은 동시에 포권을 내렸다.

운정은 모두에게 말했다.

"그럼 먼저 가 보도록 하겠습니다."

모두가 가만히 있는데, 나지오가 천천히 두 팔을 들어서 포권을 취했다.

"화산을 도와줘서 고맙다, 운정 도사. 나중에 술 한번 사지."

이에 매화검수들도 다 같이 포권을 취했다.

운정은 부드러운 미소를 지어 보이더니 화산 쪽을 향해 발을 내디뎠다.

그러자 그 즉시 그는 피월려의 옆에 있었다.

"대화는 잘했소?"

피월려가 고개를 돌리지도 않고 물었다.

운정이 대답했다.

"예. 다행히도."

피월려는 고개를 슬쩍 끄덕여 보이고는 묵묵히 경공을 펼쳤다.

운정은 스페라를 돌아보았다.

"이제 정말로 월지만 얻으면, 황룡을 멸하고 전 제 마를 참회할 수 있을 겁니다."

그 말에 스페라는 입술을 삐쭉이더니 말했다.

"나 갓마 벗기 싫. 덜 줘."

"예, 스페라."

투정 아닌 투정에 운정은 사랑스럽다는 듯 그녀를 보고 미소 짓더니, 이내 왼손을 이용해서 그녀의 몸을 띄웠다.

그러자 그녀는 가속 마법을 풀었다.

그러곤 운정의 귓가에 입술을 가져갔다.

"봐주는 건 이번이 마지막이야. 알았지?"

운정의 미소가 더욱 깊어졌다.

그때 신균이 슬쩍 운정과 피월려 사이로 다가왔다.

"아깐 분위기가 좀 그래서 못 물어봤는데, 그 향검을 부교주가 펼친 건 아닌 것 같았소. 아니오?"

피월려는 여전히 묵묵부답이었다.

운정은 그의 뒷모습을 흘겨보았다.

그가 그 사실을 느끼지 못한 건 아닐 것이다.

그런데 왜 언급하지 않는 것일까?

이유는 쉽게 생각할 수 있었다.

천마신교의 부교주가 자신의 내공을 백도의 검봉에게 넘겨주었다?

이 사실이 마인들에게 어떤 의미가 되겠는가?

부교주가 천마신교의 부교주가 아니라, 결국 백도의 인물이라는 주장에 핵심적인 근거가 되는 것이다.

그리고 이후 있을 일은 뻔하다.

운정은 고개를 돌려 신균을 보았다.

"예, 아마 화경전에 도착하여 나지오 부교주를 공간이동하려 하면, 나지오 부교주님 대신 정채린 소저가 올 가능성이 큽니다."

그 말에 피월려가 고개를 돌려 운정을 보았다.

운정은 그의 눈빛을 피하지 않았다.

신균은 코웃음을 쳤다.

"흥, 딱 봐도 그 백도 놈들이 하는 치졸한 짓을 한 거 같은데, 맞소?"

운정이 되물었다.

"치졸한 짓이라 함은?"

신균은 표정에 경멸을 담았다.

"그 왜 그, 죽기 전 스승이 제자한테 내공 물려주는 거 말이오. 그 짓 때문에 백도에선 머리에 피도 안 마른 것들이 막 일 갑자니 이 갑자니 하는 내력을 가지고 설쳐 대는 것 아니오?"

"제가 알기론 흑도에서도 벌모세수와 함께 단환으로 내력을 올리는 것으로 알고 있습니다."

신균은 갑자기 화를 내듯 말했다.

"아, 그거야 저 귀하신 천마오가 나리들이나 그런 거고! 진정한 마인들은 그런 같잖은 수단 없이 스스로의 힘으로 무공을 익히오."

"그렇게 따지만 백도에서도 제자에게 내력을 물려주는 경우는 극히 드뭅니다. 대문파에서도 하나둘이 고작이지요."

"아하 참, 이거 정말 못 알아들으시네. 백도는 내공의 상승 속도가 지극히 낮은 대신에 그 수준이 깊지 않소? 내력의 질이 좋으니까, 당연히 성장이 느려야만 하지. 그런데 그런 사기 기술을 가지고 있는 게 어디 정당하다는 것이오?"

운정은 미소를 지었다.

"취약점을 찾아 보완하는 것은 이 세상의 모든 이들이 하는 것입니다. 마찬가지로 흑도에서도 빠르게 내력을 흡수하고 키워 나가면서도 주화입마에 빠지지 않도록 수많은 기술들을 개발하지 않았습니까? 애초에 마단만 하더라도, 주화입마를 모방하는 역혈지체로 육신을 바꿔서 마공을 수월하게 익히게 하지요."

"그건… 참 나."

신균은 더 할 말을 찾지 못했다.

이에 피월려가 나지막하게 말했다.

"무당의 도사와 입씨름을 시작한 순간부터 이미 패배하셨소, 흑룡대주."

신균은 게슴츠레 눈을 뜨고는 그 둘을 흘겨보다가 이내 고개를 돌려 버렸다.

운정은 툭 하니 말했다.

"제가 보아하니 평화는 말입니다, 힘의 균형으로 유지되는 것 같습니다."

피월려는 그 말 한마디에 그가 말하고자 하는 뜻을 모두 이해했다.

잠시 말이 없던 피월려가 대꾸했다.

"혹은 한 세력이 완벽하게 통제하는 것으로도 가능하지."

"잠깐은 그럴 수 있으나, 그 세력도 안에서 분열하여 갈라질 것입니다."

"그래서 역사는 합쳐지고 나눠지는 것을 반복하는 것 아니겠소? 그걸 인위적으로 조종한다 해서 무슨 의미가 있소?"

"그러니 뒤에서 지켜보며 큰 흐름만 유도해야지요."

피월려는 잠시 말이 없다가 곧 나지막하게 말했다.

"이거 참, 대화는 나중으로 미뤄야겠군."

피월려가 소소를 잡자, 운정과 신균 그리고 흑룡대원 모두가 각자의 무기를 꺼냈다.

그런데 그때 스페라가 지팡이를 살짝 앞으로 뻗으며 말했다.

[파워—워드 킬(Power word Kill)]!

겉으로 보기엔 아무 일도 벌어지지 않았다.

하지만 모두들 시야 밖, 멀리 느껴지던 마법사의 기운이 사라져 버린 것을 느꼈다.

그녀는 다시 지팡이를 갈무리했다.

"……"

"……"

"……."

모두들 아무런 말도 하지 못했다.

특히 신균은 입을 딱 벌리고 그녀를 바라보고 있었다.

스페라가 나지막하게 말했다.

"왜요? 마법 처음 보시나."

모두의 의문을 피윌러가 대표로 물었다.

"홀로도 다 쓸어버리실 수 있을 거 같소. 그토록 먼 거리에 있는 대상을 말 그대로 찰나에 죽이다니."

스페라는 고개를 저었다.

"저쪽에서 노매직을 써 버리면 그만이에요. 방금 건 저 친구가 뭔가에 집중하고 있어서 쉽게 죽인 거고. 아무튼 한 명이 죽었으니, 서로 다 알 거예요. 전 이제 거의 도움이 안 돼요. 노매직 하나면 끝이니."

그 말에 신균이 겨우 턱을 움직였다.

"그런 식이라면 나라도 죽겠소. 마치 신과도 같다가 이젠 갑자기 도움도 안 된다니. 마법은 참으로 재밌소."

스페라는 어깨를 들썩였다.

"검기나 검강도 순차적으로 쓰길 바라요. 아시다시피 무영창 노매직으로 그냥 단번에 없애 버릴 거니까."

"무영창?"

"눈빛만으로 소멸시킨다고요."

"아, 그거. 알고 있소. 어떻게 대처하는지도 알고. 전에 모의 전투를 해 봤었지. 아무튼 크게 걱정하지……"

신균은 말을 다 마치지 못하고 위를 보았다.

모두가 똑같이 이상한 것을 느껴 그처럼 시선을 올렸다.

하늘에선 비가 떨어지고 있었다.

보통 비와 다른 점이 있다면 물이 아니라 시체로 이뤄져 있다는 것이다.

퍽, 퍽퍽, 퍼버버벅.

하늘에서 쏟아져 내리는 시체들은 지면에 아무렇게나 충돌했다. 그중에는 노인도 있었고, 어린아이도 있었다. 그리고 당연하지만 검을 든 무림인들도 있었다.

뼈가 부서지고 살점이 터져 나가는데도, 그 시체들은 어떻게 해서든 운정 일행을 공격하려 했다.

다리가 부러졌다면 무릎을 이용해서. 팔이 떨어져 나갔다면 치아를 이용해서. 벌레 먹은 퀭한 눈으로 보지도 못하고 썩어 들어간 귀로 듣지도 못하면서 사지의 일부분이라도 휘둘렀다.

흑룡대주가 큰 소리로 외쳤다.

"돌파!"

절반에 해당하는 흑룡대원들은 제각각의 무기를 이용하여 각자가 맡은 방위에 휘둘렀다. 그 형태들을 본딴 강기가 사방으로 발산됐다.

그때 어디선가 모두의 마음을 울리는 목소리가 들렸다.

[노매직(No magic).]

놀랍게도, 흑룡대의 무기를 막 떠난 강기들이 일순간 사라졌다.

하지만 그것과 간발의 차이로, 다른 절반에 해당하는 흑룡대원들이 살짝 늦게 내력을 뿜어냈다. 그러자 사방에서 들이닥치는 수없이 많은 시체들이 모조리 토막 나고 불타오르면서, 그 자리에서 사라져 버렸다.

운정과 신균 그리고 피월려의 두 눈이 동시에 번뜩였다.

"북에서 서남서를 맡겠습니다."

"그럼 난 서남서에서 동남동을 맡지."

"좋소. 단숨에 처리하지요."

그들의 모습이 동시에 흔들거리더니 그 자리에서 완전히 사라졌다.

땅에 내려오게 된 스페라는 가속 마법을 펼쳤다.

이후 사방에서 비명이 울려 퍼지기 시작했다.

"크학!"

"으악!"

"커허억!"

흑룡대는 계속해서 시체의 비를 뚫고 화경전을 향해 달려

나갔다. 그러는 와중 그들은 끝없이 쏟아지는 시체들을 모두 베고 태우는 강기를 내뿜었다. 엄청난 내력의 소비가 뒤따랐지만, 천마신교에서 자랑하는 흑룡대답게, 조금도 실수하지 않았다.

그렇게 시체들을 돌파하니, 아무런 피해 없이 모두 화경전에 도착할 수 있었다.

"주변을 확보해 주세요."

스페라의 말에 흑룡대는 넓은 범위에서 화경전을 포위했다. 그리고 그녀는 그 안에 들어가, 방금 전 나지오의 외투에 심었던 좌표를 떠올리며 공간이동을 시도했다.

그때 갑자기, 그녀 주변의 마나가 부자연스럽게 흐르기 시작했다.

스페라가 눈을 크게 뜨곤 주변을 둘러보며 말했다.

"노마나존?"

그와 함께 사방에서 울려 퍼지던 비명도 점차 줄어들기 시작했다.

스페라가 밖에 나가자, 전신이 피로 젖은 신균과 조금 더럽혀진 피월려, 그리고 완전히 깨끗한 운정이 막 도착했다.

스페라가 빠르게 대답했다.

"노마나존이에요. 저쪽에서 펼친 것 같군요."

피월려는 고개를 끄덕였다.

"마법사들은 학자들이니, 실전은 잘 모를 줄 알았는데, 그래도 생각은 하나 보오. 소수 정예를 상대로는 노마나존이 오히려 자기들에게 유리하다는 것을."

이에 신균이 흑룡대를 돌아봤다.

그러자 그들 중 한 사람이 말했다.

"일정 간격을 두고 시체들이 안으로 들어오지 않고 있습니다. 하지만 빽빽이 모이고 있는 중입니다. 마치 성벽을 만드는 것 같습니다."

운정이 말했다.

"무공이 파괴력을 잃었으니, 숫자로 승부수를 던지는 것 같습니다."

그 말에 신균이 어이없다는 듯 중얼거렸다.

"시체들로 말이오? 하기야, 그만한 양이면 불가능한 일도 아니로군. 참 나, 내 평생 살면서 이런 전투는 처음이오."

피월려가 차갑게 물었다.

"그래서 더 즐겁지 않소, 흑룡대주?"

"……."

신균은 싱그러운 미소로 대답을 대신했다.

피월려가 스페라를 돌아보았다.

"노마나존을 어떻게 풀 수 있겠소?"

스페라는 턱을 괴며 말했다.

"노마나존은 본래 굉장히 어려운 마법이에요. 최근 제국에서 드래곤을 이용한 방법을 개발하였기에 쉬워진 것이죠. 아마 저들은 드래곤을 이용한 방법이 아니라 옛날 수식 그대로로 펼치는 것이 아닌가 싶어요. 매우 비효율적이라 엄청난 마나를 잡아먹는데, 아마도 화산의 정기를 마음껏 끌어다 쓸 수 있으니까 가능한 것이겠지요. 흐음. 그리고 그런 방법으로 노마나존을 펼치고 있다면, 지금 주문을 영창하는 데 고도로 집중하고 있을 거예요."

"만약 용이 있다면?"

스페라는 고개를 저었다.

"그랬다면, 진작 쓰지 않았을까요? 화산의 정기가 가장 풍부한 곳. 이곳에 도착하고나서 노마나존을 펼친 것을 보면, 이 정도의 엄청난 마나가 아니고서야 이토록 광범위하게 노마나존을 펼치는 건 불가능하기 때문일 거예요."

"과연."

"시체의 벽을 뚫어 낼 방법이 있어서, 일단 나가기면 하면 이후 마법사들을 처리하는 것은 어려운 일이 아닐 거예요. 포커스는 어쩔 수 없으니까."

신균이 짜증 난 어투로 말했다.

"그래서 뭐 어쩔 거요? 원래 계획은 여기 와서 부교주를 소환하고, 그의 안내를 받아서 화산파 내부를 들쑤시고 다니는 거 아니었소? 그런데 부교주도 내공을 잃었고 소환도 못 할 뿐더러, 발경은커녕 무기에 내력을 주입하는 것도 못 하게 돼 버렸소. 그냥 내가 선두를 설 테니, 보이는 대로 도륙합시다."

피월려는 고개를 저었다.

"우리는 화산의 지형을 모르오. 목적지 없이 무턱대고 아무렇게나 다니는 건 죽여 달라는 꼴밖에 되지 않소."

"그럼? 여기서 그냥 시체들에게 둘러싸여서 뭘 어쩌겠다는 것이오?"

그 말에 피월려는 씩 웃으며 운정을 보았다.

하지만 기대와 다르게 운정의 표정은 그리 좋지만은 않았다.

피월려가 조용히 물었다.

"안 되겠소?"

운정은 잠시 고민하더니 곧 애써 웃으며 말했다.

"아니오, 가능합니다."

그는 곧 몸을 날려 화경전의 정척(正脊)으로 갔다. 뭔가 이상한 느낌에 스페라는 자기도 모르게 손을 뻗었지만, 운정의 모습은 이미 기와 뒤로 사라졌다.

이를 본 신균의 두 눈동자가 흔들렸다.

"지금, 태극마선이 허공답보를 쓰지 않았소?"

피월려는 사라진 운정 쪽으로 시선을 두며 대답했다.

"그렇소."

신균은 믿을 수 없다는 듯 말했다.

"어떻게 말이오? 발경이 전혀 안 되는데? 허공답보는 발바닥으로 끊임없이 발경해야 하는 것이잖소?"

"청룡궁에서 재밌는 걸 그에게 배웠소. 나는 내력의 소모가 커서 어렵지만, 그라면 가능할 거요."

스페라는 초조한 표정을 짓고는 나지막하게 중얼거렸다.

"뭔가… 불안해 보였는데."

모두를 뒤로한 운정은 화경전 정적의 한가운데 섰다.

그러곤 영령혈검을 쥔 양손을 내려다보았다.

그는 한숨을 쉬었다.

"살라만드라(Salamandra), 운디네(Undine)."

[안녕하세요, 운정?]

[안녕하세요, 운정?]

살라만드라와 운디네는 리기와 감기, 즉 운정의 마를 먹고 자란 아이들이다.

그들에게 내력을 내어 주어 기운을 이끌어 낸다는 것은 곧 마기를 사용한다는 것과 다를 바가 없었다.

임모라의 기억을 떠올리는 것만으로도 이미 그의 인격이 일부 들어온 듯하다.

그런데 여기에 마기까지 사용한다면 어찌 될 것인가?

"두려워하지 마라, 스페라가 있어."

그는 눈을 더욱 질끈 감으면서 영령혈검을 높이 들었다.

그러자 그의 검끝에 서서히 바람이 감돌기 시작했다.

잔잔한 미풍이 검 끝에 감돌며 그 안에서 작은 불꽃의 씨
앗이 피어났다.

모든 이들은 그 기묘한 조화를 느꼈다.

느낄 수밖에 없었다.

아무것도 보이지 않는 캄캄한 밤엔 약한 반딧불조차 밝게
보인다.

아무 소리도 없는 닫힌 공간에서는 숨소리조차 크게 들린
다.

마찬가지로, 대자연의 기가 멈춰 어떠한 흐름도 없는 노마
나존 안에서, 일렁이며 움직이는 작은 기의 흐름은, 무엇보다
도 분명하게 느껴졌다.

"……"

"……"

모두가 그 경이로운 광경 앞에 가만히 침묵했다.

그때 한 흑룡대원이 외쳤다.

"시체들이 몰려옵니다!"

이에 따라 사람들은 마음에 가득 찬 경외심을 애써 밀어내

고 임전 태세를 갖추었다.

피월려 신균에게 빠르게 말했다.

"운정 도사 주변을 최대한으로 지키도록 합시다. 시간이 걸리는 듯하니."

신균이 의심스럽다는 듯 말했다.

"그를 지키기만 하면 되는 것이오?"

피월려는 나지막하게 대답했다.

"그럴 것이오."

"그럴 것이다? 확실하지는 않나 보군."

피월려는 작게 숨을 내쉬었다.

"난 그가 노마나존에서 기를 움직이는 걸 보았소. 하지만 왜 지금 바로 검강을 출수하지 않는지는 모르겠소. 일단 시간을 벌어 줘야 할 것 같소. 그러니 그에게 갑시다."

그렇게 말한 피월려는 먼저 경공을 펼쳐서 지붕 위로 올라갔다.

이에 신균이 이를 부득 간 뒤에, 모두에게 명령했다.

"지붕 위로 올라가서 운정 도사를 지킨다. 지붕 위로 올라오려는 놈들을 위주로 모두 베어 버려!"

이에 따라 흑룡대는 모두 경공을 펼쳐서 화경전의 지붕 끝을 둘러싼 형태로 섰다. 신균과 피월려는 운정의 양옆에 섰다.

스페라는 도플갱어를 소환했다. 그녀가 그 위에 타자, 쭉 지붕까지 늘어나 그녀를 데려다 주었다. 그러곤 이내 도플갱어가 모습을 바꾸는데, 그 모습이 운정과 동일했다.

새로 나타난 운정이 천천히 다가오자, 신균이 고개를 절레절레 흔들었다.

"오늘 안 왔으면 정말 후회할 뻔했어."

도플갱어, 신균, 피월려가 서 있는 중앙에는 운정이 영령혈검을 높게 든 자세를 유지하고 있었다. 식은땀을 흘리는 것을 보니, 매우 집중하는 듯했는데 검끝에 매달린 듯한 바람와 불의 공이 조금씩 조금씩 빠르게 회전하고 있었다.

스페라가 걱정스러운 눈길로 운정에게 다가가려 하자, 피월려가 경고했다.

"가까이 가지 않는 편이 좋을 것이오."

스페라는 고개를 저었다.

"그의 상태를 잘 모르셔서 하는 말씀이에요. 제가 옆에 있어야 해요."

단호하게 말한 그녀는 운정의 품 안으로 들어가 그를 안았다.

그러자 불안하기 짝이 없었던 운정의 표정이 점차 편안하게 변했다.

그 변화를 확인한 피월려는 나지막하게 말했다.

"흐음, 불안한 인격을 붙잡아 주는 건가?"

피월려는 몸을 돌려 밖을 보았다.

시체들은 이제 벽이 아니라 바다가 되었다. 해일로 인해 만들어진 수십 장의 파도와 같았다.

그 파도는 몇 차례 울렁이며 그 크기를 불려 나가다가, 일순간 안으로 들이닥쳤다.

"쿠륵! 쿠르르륵!"

"키하아악! 카학!"

수십, 수백, 수천의 시체들이 물밀듯 들어오자, 흑룡대는 무작정 눈에 보이는 시체들을 모조리 베어 내기 시작했다.

하지만 시체는 벤다고 해서 사라지진 않는다. 그 몸뚱이는 그대로 남는다.

때문에 그들 앞에는 시체가 서서히 쌓이기 시작했다. 흑룡대원은 결국 발 디딜 틈도 없이 오로지 시체로만 이뤄진 바닥 위에서 싸우기 시작했다.

그뿐이랴? 앞에도 위에도 오로지 시체뿐이었다. 그 와중에도 무림인 시체들이 병장기를 획획 휘둘렀다. 무공의 묘리가 없기에 쉽사리 피해 내거나 쳐 낼 수 있었지만, 문제는 그 양이 너무나 많아서 결국 뒤로 후퇴하는 수밖에 없다는 점이다.

피월려와 신균 그리고 도플갱어의 입장은 더하면 더했지 결코 덜한 상황은 아니었다. 하늘에서 떨어지는 시체의 양도 적지 않아서, 곧장 운정에게로 떨어지는 시체들을 모조리 밖으로 쳐 내야 했기 때문이다.

단순히 베고 찌르는 것으론 아무런 의미가 없었기 때문에, 그들은 몸이 여러 개라도 모자라도록 빠르게 움직이며 운정을 보호했다.

하지만 시체들은 더 많아졌으면 많아졌지, 줄어들지 않았다. 칼에 베이고 사지가 잘렸음에도 다른 시체의 파도에 흡수되어 그대로 다시금 공격해 들어왔다. 사람의 힘과 무기로 어떻게 할 수 있는 수준을 아득히 넘었다. 흑룡대원들도 질린다는 듯 대열을 맞춰 뒷걸음질 치기 시작했다.

그때였다.

"크학!"

방심한 흑룡대원 중 하나가 비명을 질렀다. 시체 두셋이 그 목을 물고 있었는데, 핏줄이 뜯겼는지, 그곳에서 피가 줄줄 뿜어졌다. 그 흑룡대원은 이를 악물고는 전신의 마기를 폭주시켰다.

"으아아아!"

순간적으로 수배의 마기를 얻은 그의 힘 역시도 수배로 증가했다. 그는 시체들의 목을 붙잡아 뜯어 버리고 몸을 날려 버리는 등 인간이 낼 수 없는 괴력을 냈다.

하지만 시체가 많아도 너무 많았다. 아무리 힘을 많이 낼 수 있다 해도, 압사할 듯이 밀려드는 시체의 무게를 모두 감당할 순 없었다.

그 흑룡대원은 그렇게 시체들 안으로 파묻혀 버렸다. 열 구가 넘어가는 시체에 사지를 물린 것이 그의 마지막 모습이었다.

"……."

"……."

흑룡대원들은 기본적으로 극마급에 이르러 있다. 그런 마인이 마기를 폭주하면 잠시 동안이지만 초마급의 힘을 낼 수 있다.

하지만 압도적인 수적 우위 앞에서는 아무 의미가 없었다. 노마나존이 아니라면 강기로 모조리 태워 버렸겠지만, 강기는 커녕 검기조차 날리지 못하는 지금 상황에선 초마나 극마나 크게 다를 것이 없었다.

그들의 차이는 애초에 강기로 인해 생기는 것이므로, 이는 어찌 보면 당연했다.

신균은 지금껏 단 한 번도 느끼지 못한 묘한 기분에 사로잡혔다. 경험이 없었기에, 그 감정이 무엇인지 바로 알 수는 없었다.

흑룡대원들이 두려움을 느끼고 있다?

천마신교 최고의 전력인 그들이?

신균은 목소리에 가득 마기를 담아 외쳤다.

"겨우 이따위 시체들에게 두려움을 느낀다면 너희들은 흑룡대의 자격이 없다! 얼른 대열을 갖추고 최대한 방어선을 유지해라!"

흑룡대원들은 존명이란 말조차 꺼내지 못했다. 눈앞에 보이는 수십수백의 시체들이 더 이상 적으로 보이지 않았다.

그저 하나의 자연재해.

그런 것쯤으로 여겨졌다.

하지만 그들은 흑룡대다.

그리고 흑룡대라면 흑룡대주 신균의 말 한마디에 죽고 사는 자들이었다.

안락한 삶이 보장되는 극마에 이르렀음에도 전투 하나를 위해서 뛰쳐나온 자들이다.

"……."

"……."

"……."

그들은 서로의 눈빛을 교환하면서 서서히 마음의 안정을 되찾았다. 그리고 자신들이 맡은 방위를 벗어나지 않으며, 다른 흑룡대원들과 마음을 맞춰 가상의 방어선을 만들었다.

그러자 시체의 파도가 잠시 주춤했다.

신균은 막 하늘에서 떨어지는 시체의 목을 꺾어 버리고 뒤로 집어 던지면서 운정을 보았다.

"태극마선! 얼마나 걸리느냐!"

영령혈검의 끝에 매달린 바람과 불꽃의 공은 이제 사람의 머리통만 해졌다. 스페라는 운정을 안은 상태로 끊임없이 말을 걸고 있었고, 운정의 표정은 덤덤했다.

"크학! 으아악!"

"으억!"

시간이 지남에 따라 흑룡대원이 하나둘씩 또다시 시체의 파도에 삼켜져 버렸다.

이에 흑룡대원들이 몸으로 만든 저지선이 안쪽으로 점차 밀렸다.

피월려는 막 바닥을 기며 운정에게 달려들려는 시체의 중심에 심검을 꽂으며 말했다.

"더는 어렵소. 얼른 부탁드리오."

그때 갑자기 이곳저곳에서 시체들이 터지듯 쏟아졌다. 마치 둑이 뚫려 강물이 범람하는 듯했다. 시체로 이뤄진 화산이 분출하여 시체들이 뿜어지는 것 같기도 했다.

얼마 지나지 않아 시체가 화경전을 완전히 뒤덮었다.

흑룡대도 피월려도 신균도 도플갱어. 그리고 스페라와 운정도.

모두가 다 시체 속에 파묻혀 버렸다.

그때 운정이 눈을 떴다.

그의 검 끝에 모였던 바람과 불꽃의 구는 마치 한 송이의 꽃처럼 활짝 피어나 사방으로 뿜어졌다.

화르륵, 화륵!

바람을 타고 휘날리는 화염은 화경전으로 들이닥친 죽은 자들을 태웠다. 공기의 도움을 받은 불은 거기에 닿은 시체들을 순식간에 잿더미로 만들기 무섭게 다음으로 넘어갔다.

"키아아악!"

"크르그륵!"

불에 닿은 시체들은 제각각의 이상한 소리를 내며 이렇다 할 반항 한번 하지 못하고 그대로 소멸해 버렸다. 덕분에 시체 속에 파묻혔던 모든 사람들이 해방될 수 있었다.

자의식이 없는 것이 분명한데도 육신에 남아 있던 본능이 작용했는지, 시체들은 불을 보고 얼른 도망가려고도 했다. 하지만 불은 찰나 간에 그들을 덮쳤고, 그들은 이내 한 줌의 먼지가 되어 바람에 흩뿌려졌다.

불은 시간이 지나면서 사그라지기는커녕 시체들을 먹고 더욱더 커졌다. 구의 형태로 확장되면서 그 표면에 닿은 모든 시체들을 멸했다. 화경전 주변의 시체들을 태우는 것에 멈추지 않았다. 계속해서 성장하고 또 성장하면서 그 크기가 점차 거

대해지기 시작했고, 이내 화산 전체로 확산되었다.

화산의 존재하는 모든 산과 나무와 강에서 불길이 치솟아 오르며, 그 사이사이에 있던 모든 시체들이 불타올랐다. 화염은 생명이 있는 것은 그대로 지나갔고, 오로지 시체들만 선별적으로 소멸했다.

그 숫자가 너무나 많다 보니, 마치 하늘에서 반짝이는 별들이 화산에 모두 내려온 것 같았다.

"……"

"……"

"……"

일순간 모든 적이 사라지자, 허탈한 감정마저 든 일행은 모두 운정을 보았다.

운정은 그대로 영령혈검을 내리며 스페라에게 안기듯 쓰러졌다.

눈을 감은 그는 그대로 기절이라도 한 것 같았지만, 곧 입술을 살짝 열었다.

"스페라, 스페라."

그 말에 스페라는 운정을 더욱 끌어안았다.

"응, 운정. 나 여기 있어."

운정의 입가에 미소가 생겼다.

피월려가 다가와서 물었다.

"이 주변뿐 아니라 화산 전체의 시체들을 태울 줄이야… 그는 괜찮은 것이오?"

그 말에 운정이 미약한 목소리로 대답했다.

"마법사들을 찾아내셔야 합니다. 시간을 주면 포커스를 회복하고 공격해 올 수 있어요."

피월려는 고개를 한 번 끄덕이더니 신균을 돌아봤다.

신균은 곧 흑룡대 전체에게 명령했다.

"흩어져서 마법사를 죽인다. 가장 많이 죽인 놈에겐 내가 직접 한 달 동안 마공을 지도해 줄 것이다."

그 말에 흑룡대 전원의 눈동자에 마기가 감돌았다.

그들은 순식간에 지붕 아래로 내려갔다. 이는 신균도 마찬가지였는데, 그에겐 누군가에게 한 달 동안이나 마공 지도를 해 줄 생각이 전혀 없었기 때문이다. 늦은 나이에 찾은 행복을 두고, 한 달이라도 낭비하고 싶지 않았다.

피월려는 운정과 스페라의 호법을 섰다.

한동안 그들은 서로를 안은 상태로 아무것도 하지 않았다.

얼마나 지났을까?

운정이 자리에서 일어나며 말했다.

"이제 됐어요, 스페라. 괜찮습니다."

스페라는 여전히 염려스러운 듯 그를 바라보았다. 하지만 운정의 부드러운 미소에 모든 걱정을 마음에 묻었다.

피월려가 말했다.

"바람이 아니라 불이라서 내력을 크게 소비한 것이오?"

운정은 고개를 저었다.

"내력의 소비는 없었습니다. 다만 체외로 꺼낸 마기를 사용해야지만 불을 낼 수 있었기 때문에, 제 정체성이 조금 더 흔들리게 된 것뿐입니다. 지금은 괜찮습니다."

"아, 그러고 보니 무당파의 무공에는 화공(火功)이 없었지."

운정이 고개를 끄덕였다.

"태극마심신공을 같이 익히던 시절, 그것과 더불어 무궁건곤선공을 가지고 삼합사령마신공이란 내공을 새로 창안한 일이 있었습니다. 이때 불과 물을 관장하는 엘리멘탈을 패밀리어로 받아들이게 되었지요. 이후에도 이 검을 통해서 불과 물을 내뿜을 수 있었습니다. 하지만……."

"하지만?"

운정은 심각한 표정으로 자신의 영령혈검을 내려다보았다.

"애초에 제가 그들을 받아들일 수 있었던 것은 제 안에 임모라가 있었고 또 그 영혼에 마가 있었기 때문입니다. 그의 기억이 잠잠하던 시절에는 몰라도, 지금 그 둘을 이용하는 것은……."

피월려는 그의 말을 완전히 이해했다.

"임모라의 인격을 더욱 깨우는 일이 되겠군."

운정은 고개를 끄덕이며 피월려를 보았다.

"말씀드린 시일보다 조금 더 서둘러야 할 것 같습니다."

"……"

그때 대자연의 기운이 원래대로 돌아가기 시작했다.

그리고 곧 신균이 한쪽에서 나타났다.

"그 요상한 술법이 사라진 걸 보니, 이 일대에서 마법을 펼치던 놈들을 다 죽인 것 같소. 이젠 산 아래로 점차 내려가면서 남은 자들을 천천히 도륙하면 될 듯하오. 한데 공간이동으로 도망가는 자들은 어떻게 하오?"

피월려가 이어 말했다.

"화산의 정기가 워낙 많기 때문에 웬만해선 이를 포기하려 하진 않을 것이오. 하지만 강시들이 모두 불타는 것을 보고 전의를 상실한 자들이 있겠지. 그들이 공간이동으로 빠져나가기 전에 수를 써야 하오."

스페라는 나지막하게 대답했다.

"방금까지 노마나존을 시전했기 때문에 포커스의 고갈이 심할 거예요. 공간이동을 하려면 다들 조금씩은 쉬어야겠지요. 그 전에 제가 화산 전역에 노매직존을 걸면 돼요."

"화산 전역에? 홀로 가능하겠소?"

"노매직존은 노마나존에 비해서 비교할 수 없을 만큼 쉬워요. 게다가 이곳은 마나가 많아서 얼마든지 가능하지요."

그때 신균이 말했다.

"흐음, 이젠 시체가 없으니 살상력이 좀 떨어져도 상관은 없겠군. 그럼 그 전에 일단 부교주든 검봉이든 화산의 고수를 불러야 하오. 화산은 우리에겐 워낙 낯선 곳이라, 한 명쯤은 길잡이가 있어야 사고가 없소."

스페라가 고개를 끄덕였다.

"일단 이 일대에 넓게 퍼져서 저희를 호위해 주시면, 부를게요. 혹시 숨어서 기회를 엿보는 적이 있을 수 있으니까."

그때 운정이 나지막하게 말했다.

"항복의 의사가 있는 이들은 생포하심이 어떻습니까?"

피월려는 그를 돌아보며 조금 답답하다는 듯 물었다.

"그 수많은 강시들을 보고도 아직도 그들에게 자비를 베풀고 싶은 것이오?"

운정은 고개를 저었다.

"그런 것이 아닙니다. 그들을 통해서 정보와 지식을 얻는 것이 차후 중원을 위해서 좋을 것이기 때문입니다."

"……"

다들 묘한 표정을 운정을 바라보니, 운정은 그들이 자신의 말을 단단히 오해했다는 것을 깨달을 수 있었다.

그가 말을 이었다.

"고문하자는 이야기는 아닙니다."

신균이 피식 웃었다.

"솔직히 말하겠소. 순간적으로 조금 간담이 서늘했소."

피월려도 덩달아 미소 지었다.

"그러게 말이오. 나 또한 운정 도사의 인격에 큰 변화가 생긴 것이 아닌가 의심스러웠지."

스페라도 한마디 했다.

"나도 떨렸잖아."

운정은 고개를 흔들더니 말했다.

"물론 항복한 사람들은 살려 줘야 한다는 생각은 있습니다. 남녀노소 가릴 것 없이 수많은 사람들을 죽인 그들조차도 참회하길 원한다면 기회가 주어져야 한다고 여전히 생각합니다. 하지만 동시에 그럴 수 없는 현실 또한 압니다. 그들의 죄악은 너무나 무거워 지옥에서 수백 년을 고통받아도 다 지울 수 없을 겁니다."

그 말에 피월려가 말했다.

"그래서 그 절충안으로 나온 답이 방금 말한 것이로군. 그들이 순순히 정보와 지식을 넘겨준다면 그들을 살려 주되, 그렇지 않으면 그들을 죽이는 것으로."

"만약 살린다 해도 그들의 힘을 빼앗아야 할 것입니다."

그 말에 신균도 고개를 끄덕였다.

그는 선악이니 뭐니 하는 건 잘 모른다. 마법사들이 죽일 놈들이라 죽이는 것이 아니라 적이라 죽이는 것뿐이다. 그러니 쓸모 있다면 죽이지 않겠다는 주장만큼 그에게 타당한 것은 없었다.

그가 말했다.

"흑룡대에게 전하지."

그는 곧 전음으로 운정의 말을 전달했다.

피월려가 말했다.

"곤륜산에 가기 앞서, 일단 화산의 일을 마무리 짓는 것이 좋겠소. 검봉에겐 이것을 내주시오."

그렇게 말한 피월려는 품에서 나리튬 클록 하나를 꺼내서 바닥에 두었다. 그러곤 신균과 함께 흑룡대를 도와서 화경전 주변을 샅샅이 확인했다.

운정은 가부좌를 틀곤 그 자리에서 무아지경에 빠져 텅 빈 단전을 다시금 선기로 채워 넣었다. 화산의 정기는 비록 순수한 건기와 곤기에 비할 바는 아니었으나, 여느 다른 기운보다도 정순했기에, 실프와 노움이 정제하는 데 크게 어렵지 않았다. 덕분에 선기가 빠른 속도로 차올랐다.

스페라는 지팡이를 들곤 좌표를 떠올리며 공간이동 마법을 외쳤다. 그러자 나지오의 외투를 입은 정채린이 그녀 앞에 나타났다.

그녀는 스페라를 차분히 바라보다가 그녀 옆에 있는 운정을 보았다. 가부좌를 튼 채로 공중 부양 하고 있는 그는 외부에서 일어나는 일을 전혀 알지 못하는 듯 보였다.

정채린이 말했다.

"화산을 구해 주셔서 감사합니다."

스페라는 눈을 게슴츠레 뜨고는 그녀에게 말했다.

"물어보고 싶은 게 있어요. 과거 운정과 사랑하는 사이였나요?"

단도직입적인 질문.

정채린은 잠시 시선을 돌려 운정을 보았다.

그러곤 나지막하게 말했다.

"짝사랑하는 사이였습니다."

"짝사랑하는 사이?"

"저도 그를, 그도 저를… 우린 서로 짝사랑하는 사이였습니다. 아니, 전 그렇게 생각합니다."

"……."

"사실 사랑이라 하기도 민망합니다. 사랑은 서로를 위해서 희생하는 것이지요. 하지만 당시 전 그를 위해서 희생하려는 마음은 없었습니다. 그저 제 자신의 감정과 욕구가 그를 통해서 충족되기를 그리고 만족되기를 바랐습니다."

스페라의 두 눈이 더욱 얇아졌다.

"아직도 그를 좋아하시나요?"

정채린은 마른침을 삼켰다.

그러곤 대답했다.

"아니라 하면 거짓말입니다. 그는 과거보다 더욱 멋있어졌으니까요."

정채린은 눈길을 돌려 스페라를 보았다.

그 눈은 슬펐지만, 그 안에 단단함이 있었다.

당당함이 있었다.

스페라가 물었다.

"그럼 제가 더 이상 당신에게 신경 쓸 건 없겠군요?"

정채린은 부드럽게 대답했다.

"예, 없습니다. 그의 마음이 절 향할 일은 없을 테니까."

스페라는 차갑게 대꾸했다.

"난 당신의 마음도 그에게 향하길 원치 않아요."

"그것까지 바라는 건 욕심입니다."

"알아요. 하지만 약속해 주세요. 그를 사랑하지 않겠다고, 좋아하지 않겠다고."

"……."

"부탁할게요."

정채린은 서서히 눈길을 내렸다.

한참 동안이나 바닥을 바라보던 그녀는 다시금 두 눈을 들어서 스페라를 보았다.

"은인의 부탁이니 거절할 수 없군요. 알겠습니다. 그를 더는 좋아하지 않겠습니다."

스페라가 고개를 끄덕이더니 말했다.

"고마워요. 그 말이면 됐어요."

"……."

스페라는 주변을 훑어보며 말했다.

"심검마선과 흑룡대는 지금 이 일대에 퍼져 있어요. 이후 화산 내부 전체를 돌아다닐 텐데, 낯선 환경이니 수색이 어렵기도 하고 행여나 역습을 받을 수도 있다고 하더군요. 그 부분에 있어서 정 소저가 도움을 주면 될 것 같아요."

정채린이 말했다.

"흐음, 화산의 지형과 대자연의 기운의 흐름은 제가 잘 알고 있긴 합니다만, 마법으로 숨는다면 제가 찾아내지 못할 가능성도 큽니다."

스페라가 미소 지었다.

"다행히 전 최상급 계시 마법을 알고 있어요. 이는 최상급 은닉 마법조차 꿰뚫죠. 여긴 마나도 많으니, 화산 전역에 걸쳐서 계시 마법을 사용할게요. 그동안 심검마선을 만나서 앞으로 화산을 어떻게 탐색할지 계획을 논하는 것도 좋을 겁니다."

정채린은 포권을 취했다.

스페라는 고개를 한 번 끄덕여 보인 후 지팡이를 높이 들었다.

정채린은 나리튬 클록을 입고는 그 둘을 바라보았다.

알 수 없는 감정이 그녀의 두 눈에 떠올랐다가 그녀가 몸을 돌리자 이내 사라졌다.

스페라는 그렇게 일각 정도 주문을 읊더니 곧 계시 마법을 시전했다.

[레벨레이션(Revelation).]

그녀의 외침은 화산 전역에 닿았고, 그로 인해 은닉 마법으로 숨어 있던 마법사들이 모조리 드러나게 되었다.

스페라는 깊게 숨을 한 번 몰아쉬고는 다시금 마법을 영창했다.

계시 마법과 다르게 입술을 몇 차례 달싹이는 것으로 끝냈다.

[노매직존(No Magic Zone).]

이제 화산 전역에선 어떠한 마법도 시전될 수 없게 되었다.

그때 피월러가 화경전 위로 올라왔다.

스페라가 물었다.

"마법사들을 탐색하시지 않으시나요?"

"정 소저와 말해 본 결과, 내가 운정 도사의 호법을 서는 게 좋을 것 같아서 말이오. 정 소저와 흑룡대가 알아서 잘하리라 믿소."

그렇게 시간은 흘렀다.

한 시진.

두 시진.

세 시진.

그렇게 해가 지고 달이 뜨곤 다시 다음 날의 해가 뜨고서야, 화산 내의 일이 마무리되었다.

만 하루 동안 일어난 일은 간단했다. 천마신교의 마인들과 청룡궁의 용 그리고 매화검수들이 포위망을 서서히 좁혔고, 그 안에선 나리튬 클록을 입은 정채린, 신균과 흑룡대가 숨어든 마법사들을 찾아 추살했다.

노매직존으로 인해서 마법을 쓸 수 없었던 마법사들은 결국 자신들의 패밀리어로 흑룡대를 상대했다. 그들은 대부분 절정 고수를, 몇몇은 초절정 고수를 패밀리어로 부리고 있었는데, 특히 패밀리어가 된 곤륜파 고수들은 수준이 상당히 높았다.

다행인 것은 마법사들끼리 따로따로 떨어져 있어 합공하지 못했다는 것이었다. 신균과 흑룡대가 합심하여 공격하니, 초절정에 이른 곤륜파 고수도 능히 죽일 수 있었다. 그럼에도 피해가 아주 없진 않아서, 흑룡대 열이 중상을 입었다.

결국 네크로멘시 학파는 완전히 패배했다.

정채린과 신균, 그리고 흑룡대가 화경전으로 복귀했다. 그들 사이사이에는 포박을 당한 마법사들 대여섯 명이 보였다.

신균과 정채린이 경공을 펼쳐서 피월려 앞으로 왔다.

정채린이 말했다.

"화산 전체를 전부 탐색했으니, 노매직존을 푸셔도 될 듯해요."

스페라는 지팡이를 한 번 드는 것으로 노매직존을 거두며 나지막하게 말했다.

"중간중간 매직존을 펼쳐서 그 사이에 공간이동으로 달아난 이들이 있어요. 최대한 놓치지 않으려 했지만, 적어도 다섯 명은 빠져나간 것 같아요."

이에 신균이 팔짱을 꼈다.

"흠, 현명한 자들이군. 아마 끝까지 숨어서, 기를 겨우겨우 모아 단번에 탈출한 것이겠지. 그것까진 어쩔 수 없소."

정채린이 머뭇하다가 물었다.

"운 소협은… 어떻습니까?"

스페라는 그녀를 차분히 바라보다가 짧게 대답했다.

"아직 회복 중이에요."

정채린은 고개를 한 번 끄덕여 보이고는 말을 아꼈다.

침묵이 찾아오자, 신균이 먼저 말했다.

"그럼 일단 모두들 여기서 회복하고, 본부로 복귀하는 것이 좋겠소. 곤륜파 놈들이 생각보다 강해서 중상을 입은 애들이 꽤 되오."

피월려가 그에게 말했다.

"쉬시는 동안, 사로잡은 마법사들을 심문하고 싶소."

사실 심문에 있어, 현재 화산에 있는 사람 중 그보다 더 제격인 사람은 없었다.

신균은 고개를 끄덕였다.

흑룡대는 생포한 마법사들을 그의 앞에 데려왔고, 피월려는 그들을 하나하나 바라보더니 말했다.

"난 본래 선악을 따지는 사람이 아니니, 당신들이 얼마나 큰 죄를 저질렀는지는 큰 관심이 없소. 그러나 천마신교의 부교주를 건든 것은 그냥 넘어갈 일이 아니지. 때문에 이 자리에서 당신들을 모조리 죽이는 것도 가능하나, 이번 싸움이 혁혁한 공을 세운 태극마선이 당신들에게 기회를 주기를 원하여 이렇게 살려 두었소."

마법사들은 말없이 서로를 돌아보았다.

피월려가 이어서 말했다.

"내가 묻는 질문에 바르게 대답하면 목숨만은 살려 줄 것이오. 아니, 천마신교에 입교해서 새로운 삶을 사는 것도 가

능하오. 천마신교는 출신을 가리지 않으니까. 하지만 조금이
라도 진실과 어긋난 말을 하거나, 대답을 거부한다면 즉시 처
형할 것이오. 그럼 심문하도록 하겠소."

　이후 피월려의 심문이 시작되었다.

第一百十七章

화산은 본래의 모습을 되찾았다.

화산을 감싼 사기(死氣)도 자연스레 물러갔고, 천지의 흐름에 따라 화산의 정기도 깨끗해지기 시작했다.

밖에서부터 포위하던 청룡궁의 용들과 천마신교의 마인들 그리고 나지오까지도 화경전 주변에 모여들어 휴식을 가졌다.

심문을 마친 피월려는 화경전의 중심에 올라갔다.

운정은 정오가 된 지금까지도 깨어나지 못했다. 화산의 정기를 호흡하며 가부좌를 튼 채로 가만히 있었다.

그 옆에서는 스페라가 그의 품에 안긴 채, 아니, 그를 품에 안은 채 끊임없이 그의 이름을 불렀다. 그와 함께한 추억들을 하나하나 자세히 설명하고 또 물어보기도 했다. 운정은 야속하게도 대답은커녕 미동조차 하지 않았다. 그럼에도 스페라는 조금도 쉬지 않고 꾸준히 말을 걸었다.

그들의 앞쪽 지붕 끝에는 나지오가 다리를 아래로 내리고 걸터앉아 있었다. 어디서 났는지 술병 하나를 들고 화산의 절경을 구경했다.

피월려는 그에게 다가가 그 옆에 앉았다.

나지오가 툭 하니 말했다.

"어디 감히 마인 놈이 화경전 위에 올라와 앉아?"

피월려는 한쪽 무릎을 접으며 말했다.

"그러는 부교주는 마인 아니오?"

나지오는 한쪽 입 끝을 올리곤 말했다.

"채린이에게 내공을 전부 넘겼어. 이걸 알게 된 마인들이 무슨 생각을 하겠냐? 난 더 부교주 못 해."

"그걸 알면서도 넘긴 것이오?"

나지오는 술병에 든 술을 마셨다.

"내가 없어도 잘할 거잖아?"

"있으면 더 잘할 거요. 중원의 균형을 이루는 일이 어디 쉬운 일이겠소?"

"지금 상황을 보고도 할 소리냐? 백도는 다 죽었어. 표현이 그렇다는 게 아니라 실제로 다 죽었다고. 그나마 남은 화산을 봐라. 꼴랑 매화검수 몇십 명이 끝이야. 그에 반해 낙양본부엔 천이 넘는 마인이 있지."

"북쪽에 신흥 세력들이 있지 않소? 그들도 백도를 표방하긴 하지."

"얼씨구? 그놈들이 무슨 백도냐? 응? 백도는 기본적으로 수백 년간 내려져 오는 역사와 전통이 있어야 하며 또……."

"내공이 있지. 정채린이 이어받았으니, 화산도 곧 대문파로 성장할 것이오."

나지오는 고개를 저었다.

"고작 하나야. 안우경처럼 저 혼자 향검까지 올라간 놈이 백 년에 몇이나 될 거 같은데? 하나 될까 말까다."

피월려는 두 팔을 들어서 머리에 맞대고는 뒤로 누웠다.

"사실 혹도 사정도 마찬가지이오. 마단이 없잖소?"

나지오가 고개를 돌려 그를 보았다.

"혈마석이 있잖아."

피월려는 고개를 저었다.

"제갈극이 말하기를 안정적인 혈마석은 마단에 비해서 만들기가 극히 까다롭소. 때문에 천마오가의 수요를 맞추는 것만으로도 벅차지. 지금처럼 아무나 천마신교에 입교하여 마단을 지급할 수는 없소."

"그럼?"

피월려는 눈을 감았다.

"더 이상 많은 마인들을 받을 수 없게 되겠지. 앞으로 천마신교는 하나의 강력한 단체가 아닌 무림맹처럼 느슨한 연합 정도가 될 것이오. 이렇게 천 명씩 움직이는 건 꿈도 못 꾸겠지."

"하하하."

"혈적현과 대화했었는데, 천마오가를 모두 독립시키고, 신비문파로서 거듭나는 방법도 생각하고 있소. 뒤에서 보호하는 역할을 하는 거지. 운정이 이계에서 이끄는 신무당파처럼 말이오. 흑백대전이나 이계와의 전쟁 혹은 지금의 강령학파 같은 큰일에만 영향력을 행사하고."

"신비문파는 소수여야 하고 강해야 해. 어떻게 하려고?"

"그건 차차 생각해 볼 일이오. 아무튼 지금은 당장 눈앞에 있는 일부터 처리해야겠소."

나지오는 잠시 말이 없다가 물었다.

"마법사들이 뭐라고 하더냐? 곤륜은 정말 끝난 거냐?"

피월려는 슬쩍 나지오의 뒤를 바라보았다.

얼굴은 보이지 않았지만, 그가 어떤 감정인지는 알 듯했다.

"무림인들을 시체로 부리면 본래의 무공 수위보다 낮아지고 마오. 하지만 곤륜의 고수들은 기이하게도 패밀리어로 삼을 때 더욱 무공 수준이 높아진다고 하오. 때문에 마법사들이 그들을 단 한 명도 남겨 두지 않고 모조리 차지했나 보오. 그러니 곤륜은 이미 끝났다고 봐야지."

"……."

"지금 곤륜파에는 강령학주를 포함해서 총 세 명이 있다고 하오. 그들이 말하길 강령학주와 그녀의 직속제자 둘이 곤륜산의 정기를 독차지했기에, 강령학파의 모든 마법사들이 거의 내쫓겼다시피 했다는 것이오. 그래서 정기가 풍부한 화산을 발견했을 때, 너도나도 모여든 것이고."

나지오가 고개를 갸웃하며 물었다.

"겨우 세 명이라고?"

"마법사들의 말은 그렇소."

"그 말을 믿어?"

"믿소."

"왜? 저쪽에서 술수를 부린 것일 수도 있잖아."

"그렇기에 믿소."

나지오는 고개를 슬쩍 돌리고 피월려를 보았다.

"그게 뭔 개소리야?"

피월려는 방긋 웃으며 말했다.

"강령학주는 우리 쪽에 거짓을 간단히 간파할 수 있는 능력이 있다는 것을 잘 아오. 그러니 우리를 속이려 해도 거짓으로 속이려 하지 않을 것이오."

나지오도 따라 웃었다.

"재밌네. 속이려고 한다는 걸 알기 때문에 오히려 진실이다?"

피월려는 나지막하게 말했다.

"심문 중에 재밌는 사실을 하나 알게 되었소. 날 지옥으로 보낸 미내로와 똑같이 생긴 마법사 말이오. 그녀가 바로 강령학주 고바넨이오. 강령학파에서도 그녀가 마족 소환 주문을 가장 잘 다룰 수 있나 보오."

"아하, 역시나 그렇군."

"그러니 곤륜산에서 뭐가 기다리고 있을지는 대강 예상이 가오. 다만……."

"다만?"

"우리를 진짜 속이려고 하는 거면 겨우 이 정도겠소? 그래서 오히려 의심되오."

나지오는 어이없다는 듯 말했다.

"참 나, 여기서 더 속이려고 안 해서 의문이다, 이 말이냐?"

"그렇게 말로 들으니 진짜 이상하긴 하오, 하하하."

피월려의 웃음은 한동안 계속됐다.

나지오가 물었다.

"그럼 이제 어떻게 할 생각이야?"

"일단은 운정 도사를 기다려야 할 것이오. 기를 흡수하는 속도가 현저하게 줄었으니, 곧 깨어나겠지. 그리고 그와 함께 곤륜파로 갈 것이오."

"바로?"

"나 선배가 떠난 사이에 낙양본부에서 많은 일이 있었소. 그가 없으면 중원이 멸망할지도 모르는 그런 일이지. 내일까지는 일을 끝내야 하오."

나지오는 멍한 표정을 지었다가 고개를 저었다.

"내 도움이 필요한 거 아니면 말하지 마. 괜히 걱정거리 주지 말고."

"그래서 말 안 하려고 했소."

"……"

"그리 보지 마시오. 내공을 전가한 건 나 선배잖소?"

나지오는 코웃음을 치더니 곧 피월려처럼 벌러덩 누워 버렸다.

"젠장. 내공 좀 없다고 바로 뒷방 늙은이냐?"

피월려가 심각한 목소리로 물었다.

"다시 본래 수위로 돌아올 수 없는 것이오?"

"본래 내 것이 아니었으니까."

"그래도 지옥에서 얻은 게 있지 않소?"

"말했잖아, 난 후방에 있었다고. 너처럼 최전방에 있었으면 몰랐을까, 후방에선 배울 거 거의 없다고."

"……"

"됐다. 지옥 이야기는 하지 말자."

"그럽시다. 나도 떠올리기 싫으니."

그때 그 둘의 뒤쪽에서 스페라가 크게 외쳤다.

"운정!"

피월려와 나지오는 서로를 한 번 돌아보곤 자리에서 일어나 그들에게 다가갔다.

운정은 힘겹게 눈을 떴다.

그는 걱정과 안타까움이 공존하는 표정들을 보며, 지친 듯 물었다.

"얼마나 지났습니까?"

스페라가 대답했다.

"만 하루하고 조금 더."

운정은 고개를 연신 끄덕이며 말했다.

"즉시 곤륜산으로 가야 하겠군요."

피월려가 말했다.

"일단은 본부로 가는 것이 좋을 것이오."

"하지만 시간이 별로 없습니다. 내일이면 아마……."

이에 스페라가 말했다.

"네가 회복하는 동안 잠깐 이야기해 봤는데, 곤륜까지는 거

리가 너무 멀어서. 아무래도 낙양본부에 있는 공간 마법진의
도움을 받아야 할 것 같아."

운정은 잠시 말이 없다가 하는 수 없이 고개를 끄덕였다.

"그렇다면 어쩔 수 없군요. 알겠습니다."

피월려는 나지오를 돌아봤다.

"그럼 우린 바로 본부로 향하겠소."

나지오가 물었다.

"너희만 가게?"

피월려는 고개를 끄덕였다.

"내 생각이 맞다면… 둘만 가도 될 것이오."

"……"

"그럼 나중에 뵙겠소. 흑룡대주에겐 사정을 잘 말해서 타일
러 주시오. 곤륜산에 가는 줄 알고 꽤 흥분하고 있을 테니."

나지오가 황당하다는 표정을 지으며 말했다.

"뭐? 아니, 그 반골 자식을 내가 무슨 수로……."

곧 스페라가 지팡이를 들며 주문을 시전했다.

[텔레포트(Teleport)!]

그 셋이 화산에서 모습을 감추자마자, 낙양본부의 공간 마
법진에서 나타났다.

그곳엔 마조대원 한 명이 대기하고 있었다.

피월려가 말했다.

"교주는?"

"밖에 계십니다."

피월려는 앞장서 걸었고, 운정과 스페라가 그 뒤를 따랐다.

혈적현은 거대한 구형의 기계 앞에서 뒷짐을 진 채 가만히 바라보고 있었다.

그가 피월려를 돌아보더니, 나지막하게 물었다.

"셋만 올 줄은 몰랐는데?"

피월려가 대답했다.

"내 생각에는 곤륜에 나와 운정 도사만 가도 충분할 거다."

혈적현은 눈초리를 모았다.

"그런데?"

"그런데 뭐?"

"그 불안해 보이는 표정은 뭐냐?"

피월려는 피식 웃었다.

"네가 내 친우긴 한가 보구나. 내 표정을 바로 아는 걸 보면."

"확신은 없나 보군."

피월려는 고개를 끄덕였다.

"어쩔 수 없지. 시간이 없으니까."

혈적현은 고개를 돌려 다시 기계를 올려다보았다.

"나도 가만히 있진 않았다. 화산 이후에 곤륜에 간다고 하니, 그동안 곤륜에 관련된 정보를 얻으려고 했어."

"그래? 어떤 정보를 얻었지?"

"정보를 얻진 못했다. 하지만 사람을 찾았지."

"……."

"무림맹 소속으로, 무진이라는 자다. 무허진선의 사손으로 곤륜파의 신성 중 하나였어. 강령학주가 무림맹을 장악하는 과정에서, 그들의 마법에 취약한 내공심법을 스스로 전폐하고 살아남은 곤륜의 제자지. 그는 스스로 찾아왔음에도, 곤륜과 관련된 정보는 외부인에게 발설할 수 없다며, 완강한 고집을 피우고 있다."

피월려의 눈이 가늘어졌다.

"스스로 찾아와 놓고, 고집을 피운다?"

"그는 운정 도사를 직접 봐야 한다고 조건을 걸었다. 그래서 기다리고 있었지. 고문이라도 할까 했지만, 시일 안에 정보를 얻지 못할 확률이 높아서 관두었어."

"그건 잘했다. 어디 있지?"

혈적현이 손을 탁 쳤다.

그러자 한쪽에서 호법원 둘이 한 남자를 데리고 땅에서 스멀스멀 기어 나왔다. 그 남자는 주변을 경계하다가, 곧 운정을 보고는 표정이 누그러졌다.

운정은 고개를 돌려 그를 보았다.

시커먼 얼굴과 앙상한 팔다리를 보니, 당장에라도 죽을 듯 보였다.

하지만 불타는 눈빛은 살기로 번뜩였다.

운정이 그를 기억하곤 말했다.

"그때 황금천 앞에서 뵈었었지요, 무진."

무진이 말했다.

"설마 나를 기억할 줄 몰랐소, 운정 도사."

그는 과거 운정을 무허진선에게 안내한 곤륜파 고수였다.

운정이 물었다.

"무슨 일이 있었습니까?"

무진은 허무한 듯 말했다.

"곤륜파의 내공심법은 그들의 마법에 유독 취약하여, 내공을 전폐하지 않고는 그들의 손아귀에서 살아남을 수 없소. 때문에 많은 곤륜파의 제자들이 살아남기 위해 단전을 파괴했었지. 그중 극소수만 살아남았는데, 나도 운 좋게 목숨을 건졌소."

"……."

"본래 난 낙양에 숨어서 요양하고 있었소. 그러다 천마신교에서 곤륜에 관련된 정보를 찾는다는 소식을 듣고 본부를 방문하게 되었소. 곤륜에 자리 잡은 강령학파를 공격하려고 그런 것이 맞소?"

"그렇습니다."

"과연, 과연."

무진의 경계심이 완전히 사라진 것을 본 혈적현이 그에게 말했다.

"무진, 원하는 바는 모두 들어주었으니, 약조하신 대로 정보를 넘겨주시오."

무진은 고개를 끄덕이더니 품속을 뒤적거리더니 옥패를 하나 꺼냈다. 그리고 그것을 운정에게 건네주었다.

운정이 그것을 받아 보니, 한쪽 끝이 부서져 있었다.

무진이 나지막하게 말했다.

"곤륜의 도사는 곤륜에 대해서 어떠한 것도 발설해선 안 되고 기록으로 남겨서도 안 되오. 그 때문에 천마신교는 곤륜에 대한 정보를 전혀 얻을 수 없을 것이오."

혈적현이 눈초리를 모았다.

"약속과 다르지 않소?"

무진은 그를 돌아보았다.

"그러나 혀와 손을 쓰지 말라 했지, 발을 쓰지 말라는 법은 없었소. 그 옥패는 나의 형제인 무린과 나눈 것이오. 무린 역시도 나와 함께 단전을 파괴했지만, 운 좋게도 몸이 성했소. 그는 낙양에 남겠다고 했지만, 난 그에게 곤륜산으로 돌아가라고 강권했소. 오늘과 같은 일이 있기를 바라며 강령학파를 염탐하라 했지. 그리고 이제 빛을 보려나 보오."

"……"

"그 옥패를 가지고 가면, 무린은 내가 당신들을 보냈다는 것을 알고 성심성의껏 도와줄 것이오. 곤륜산은 험하기 그지없고 곤륜파는 천연 요새와도 같소. 수백 년의 세월 동안 쌓이고 쌓인 수많은 비밀들이 있소. 장담하건대 그의 안내를 받지 못한다면, 당신들은 강령학주를 만나기는커녕 곤륜산을 평생 헤맬 것이오."

운정이 물었다.

"그를 어디서 만날 수 있습니까?"

"곤륜산에 서쪽으로 조금 떨어진 곳에 망랑촌이라는 작은 고을이 있는데, 그곳에서 숨어 지내고 있으니 거기서 그를 찾으시오. 내가 도와줄 수 있는 것은 여기까지이오."

운정은 가만히 그를 보다가 포권을 취했다.

"강령학파를 반드시 몰아낼 것입니다."

무진도 똑같이 포권을 취했다.

피월려가 운정에게 물었다.

"운정 도사가 보기엔 어떻소? 그가 진실을 말하는 것 같소?"

이에 무진의 표정이 확 구겨졌다.

운정은 단호하게 말했다.

"그가 하는 말에 거짓은 없었습니다."

피월려는 의미심장한 표정을 짓더니 툭 하니 말했다.

"그렇소? 오호. 그럼 이젠 확실하군, 후후후."

모두들 그를 이상하게 쳐다보는데, 피월려가 방긋 웃으며 말을 이었다.

"자, 그럼 바로 곤륜으로 향하도록 하지! 운정 도사, 나를 한 번 믿고 나와 운정 도사 이렇게 둘만 가는 건 어떻소?"

운정이 나지막하게 물었다.

"곤륜까지 거리가 멀다곤 하지만, 차원이동조차도 둘보다 더 많이 이동시킬 수 있습니다. 이유가 있어 둘로 고집하시는 것 같은데, 그걸 말해 주실 수 있겠습니까?"

피월려의 미소가 더 진해졌다.

"나를 한번 믿어 보시오. 청룡궁에서도 괜찮지 않았소?"

그러자 스페라가 눈초리를 모으더니 말했다.

"나도 가겠어요. 무조건 갈 거예요."

피월려가 뭐라 말하려고 입을 벌렸는데 운정이 먼저 스페라에게 물었다.

"스페라, 혹 우리 셋뿐이라면 공간 마법진의 도움을 받지 않아도 되지 않습니까?"

스페라는 턱에 손을 가져가더니 피월려에게 물었다.

"거리가 얼마라고 했죠? 2,500㎞라고 했었나요?"

피월려가 대답했다.

"6,000리 정도 되니, 그보단 조금 짧소."

스페라는 잠시 더 고민한 뒤에 운정에게 말했다.

"좌표가 없어서 가는 건 어려워도, 올 때는 가능할 거야."

운정이 고개를 끄덕이더니 혈적현에게 말했다.

"교주님, 혹시 태학공자에게 황룡을 공간 마법진으로 옮겨 달라 해 주실 수 있겠습니까? 저희가 곤륜산으로 가고 난 뒤에 말입니다."

혈적현이 놀란 목소리로 물었다.

"황룡을? 공간 마법진으로?"

운정이 다시 고개를 끄덕였다.

"어차피 옮겨야 합니다. 곤륜에 다녀온 뒤에 할까 생각했지만… 스페라 혼자의 힘으로도 올 수 있으니, 저희가 가고 나서 황룡을 바로 옮기면 시간을 크게 단축할 겁니다."

혈적현은 이해가 가질 않는다는 듯 물었다.

"왜 황룡을 공간 마법진으로 옮겨야 하는 것이냐? 설마 황룡을 공간이동시키려는 거냐?"

"아닙니다. 다만 꼭 필요한 일입니다. 태학공자에게 그렇게 말하면 알아들을 겁니다."

혈적현은 미심쩍은 눈빛으로 운정을 보았지만 곧 툭 하니 말했다.

"알겠다, 운정 도사. 그리 전하지."

운정은 피월려에게 고개를 돌렸다.

"그럼 공간 마법진으로 다시 가서 곤륜으로 향하지요."

피월려가 말했다.

"셋이 가되, 전투는 우리 둘이서만 해야 할 것이오."

이에 스페라가 발끈하는데, 운정이 그녀를 저지하곤 대답했다.

"알겠습니다. 어차피 그녀는 장거리 공간이동을 위해서 포커스를 낭비하면 안 되니까요. 그렇죠, 스페라?"

운정의 부드러운 목소리에 스페라는 반박할 수 없었다. 공간이동은 그녀의 주력 마법이 아니기 때문에, 2,500㎞나 되는 먼 거리를 공간이동하는 건 전투로 지친 상태에서 불가능했기 때문이다.

"맞아. 하지만 운정, 혹시라도……."

운정은 손을 들어서 스페라의 머리를 보듬어 주었다.

"전 당신이 제게 속삭인 말들을 기억할 거예요. 걱정 마세요, 스페라."

스페라는 여전히 걱정스러운 눈빛을 했지만, 결국 알겠다는 듯 고개를 끄덕였다.

피월려가 말했다.

"분위기를 깨고 싶진 않지만, 속히 움직여야 하오. 공간 마법진으로 갑시다."

혈적현이 그에게 말했다.

"무사히 다녀와라."

피월려는 손을 살짝 들어 보이는 것으로 인사를 대신했다.

셋이 모두 중앙에 서자, 그중 스페라가 말했다.

"일단 그 주변으로 넘어간 후에, 연속적인 공간이동으로 점차 세밀하게 잡을 거예요."

이후 그녀는 눈을 감고 주문을 외웠다.

그러자 공간 마법진 전체가 금빛으로 빛나면서 가동되기 시작했다.

그렇게 얼마나 지났을까?

그녀가 큰 목소리로 공간이동 주문을 시전했다.

[텔레포트(Teleport)!]

그 말이 끝나기 무섭게, 주변이 흰 안개로 가득 차 버렸다.

그리고 그들의 몸은 빠르게 추락하기 시작했다.

"구름 속으로 공간이동할 거면 먼저 알려는 주셔야 하지 않소?"

피월려는 애써 균형을 잡아 가며 물었고 스페라는 나지막하게 말했다.

"정확한 위치를 모르니까 계속 잡아야 해서 그랬어요. 일단 저쪽이 곤륜산인 것 같은데 맞아요?"

피월려는 고개를 끄덕이며 스페라가 가리키는 방향보다 조금 벗어난 곳을 가리켰다.

"서쪽에 망량촌이 있다고 했소. 일단 그쪽으로 가 봐야 할 것이오."

"거리는?"

"대략 100리, 아니, 40km 정도로 가 주시오."

스페라는 고개를 끄덕이더니 다시금 공간이동을 시전했다.

[텔레포트(Teleport).]

그들은 금세 또 공간이동하여 다른 하늘에서 추락하기 시작했다.

피월려와 운정 그리고 스페라는 눈에 불을 켜고 땅 아래를 훑어보았다.

그런데 그 주변 어디에서도 사람이 사는 마을을 찾아볼 수 없었다.

그때 운정이 말했다.

"저쪽에 흔적이 있는 듯합니다."

"흔적?"

"예, 화전 말입니다."

피월려와 스페라가 눈을 모아 운정이 가리키는 곳을 바라보니, 확실히 숲이 그을린 듯한 지형이 엿보였다.

스페라가 다시 공간이동을 펼쳤다.

[텔레포트(Teleport).]

탁.

땅에 착지한 운정과 피월려는 사방을 둘러보았다. 그리고 나무 사이사이에 숨어 있는 촌락들을 보곤 그곳이 화전촌임으로 확신할 수 있었다.

"보아하니, 사람은 없는 듯합니다."

"강령학파에서 이미 다녀간 듯싶소."

그들은 마을 안으로 들어가 살펴보았다.

창고에 쌓여 있는 쌀들, 미리 모아 둔 장작들, 그리고 농사를 위해 만들어 둔 퇴비들까지도. 최근까지 사람이 살던 곳임이 분명했다.

그런데 한순간 동시에 인기척을 느낀 피월려와 운정이 서로를 돌아봤다.

"사람이군."

"제가 가 보겠습니다."

운정이 경공을 펼쳐서 인기척이 느껴진 곳으로 달려갔다.

하지만 그 기운은 기이하게도 다가가면 다가갈수록 점차 흐려졌다. 그가 도착했을 땐 거의 느껴지지 않았다. 누군가 있다는 것만 알 수 있을 뿐, 정확한 위치까진 파악할 수 없었다.

"저는 무진의 옥패를 들고 왔습니다. 만약 당신이 무린이라면 모습을 드러내 주십시오."

그가 정중하게 말하고, 짧은 정적이 흘렀다.

나무 뒤쪽에서 남자 하나가 걸어 나왔다. 곤륜의 제자로 보이는 그는 어딘지 모를 탁한 눈빛을 가지고 있었지만, 거동하는 데 불편한 건 없어 보였다.

그가 갈라진 목소리로 말했다.

"운정 도사로군. 증거를 보여 주시오."

"여기 있습니다."

운정은 품속에서 무진에게 받은 옥패를 던졌다. 그 남자는 그것을 받아 들고 자신의 것과 맞추어 보더니 툭 하니 말했다.

"확실하군. 곤륜산에 오신 걸 환영하오."

운정이 나지막하게 말했다.

"그러고 보니, 단시월과 함께 뵈었었지요."

무린은 얼굴을 찡그리며 말했다.

"그때도 희망은 있었지. 하기야 과거를 더 생각해 보았자 무슨 의미가 있겠소."

그때 운정의 뒤로 스페라와 피월려가 다가왔다.

운정이 그들에게 말했다.

"무린입니다."

무린은 스페라와 피월려를 물끄러미 바라보다가 나지막하게 물었다.

"다른 인원은?"

피월려가 대답했다.

"나와 운정 도사, 우리 둘이 전부이오."

"……"

"하지만 걱정 마시오. 우리 둘이선 청룡궁에도 무혈입성했으니. 둘 다 반선지경 이상이오."

무린의 눈썹이 꿈틀거렸다.

"하지만 즉사 주문 앞에선 무공의 수준은 아무런 의미가 없소. 차라리 양으로 승부를 보는 게 더 좋을 수 있소."

"마법에 대한 대비책도 잘 강구해 왔소. 걱정하지 마시오."

"설마 그 방비책이 뒤에 계신 이계인이오?"

"그것까진 알 것 없소."

"……"

피월려는 하늘까지 뻗어 있는 곤륜산을 올려다보며 말을 이었다.

"우리는 곤륜파에 대해서 아는 것이 전혀 없어서, 당신의 도움이 없으면 이 넓은 곳을 탐색해야 하오. 찾기야 찾겠지만, 시일이 급하니 도움을 주시길 바라겠소."

무린은 한참을 그를 바라보다가 툭 하니 물었다.

"지금 바로 들어가실 생각이오?"

"그렇소."

무린은 운정과 피월려를 번갈아 보더니 몸을 돌리곤 걸음을 걷기 시작했다.

"곤륜산 정기의 중심인 지요각에는 강력한 진법이 걸려 있어, 그 누구도 함부로 들어갈 수 없소. 강령학파 학주는 그곳에 머무르면서 곤륜산의 정기를 빨아먹고 있지. 난 그곳으로 통하는 은밀한 길을 알고 있소. 날 따라오시면 되오."

운정이 물었다.

"걸어갈 시간은 없습니다."

무린은 담담한 목소리로 대답했다.

"최대한 기운을 숨기고 가지 않으면 그들이 눈치챌 것이오. 기습하는 것과 정면 돌파 하는 것의 차이가 얼마나 큰지는 잘 아시겠지."

"……"

특히 마법은 미리 준비하는 것과 준비하지 않는 것에 차이가 심하다.

운정이 아무런 말도 하지 않자 무린이 말을 이었다.

"지금 곤륜산에는 강령학주를 포함해서 세 명뿐이오. 셋이서 곤륜산 전체를 독차지하고 있지. 다른 마법사들은 다른 지역의 정기를 차지하기 위해서 떠난 상태이오. 기습으로 한 명만 먼저 처리해도 승산이 매우 높아질 것이오."

그것은 마법사들에게 들었던 것과 똑같은 내용이었다.

피월려가 물었다.

"학주는 그 지요각이란 곳에 있겠고. 나머지 둘은 어디 있소?"

무린이 대답했다.

"각각 동쪽과 서쪽 봉우리에 있소. 아마 각자의 수련을 위해서 동떨어져 있는 것이겠지. 그들에게도 연결된 길이 있긴 하오. 원한다면 그쪽으로 데려다 주겠소."

피월려는 고개를 저었다.

"아니오. 강령학주에게 바로 데려다 주시오. 속전속결로 끝낼 것이니."

무린은 고개를 끄덕이며 말했다.

"그럼 기운을 숨겨 주시오."

그렇게 말한 그가 양손으로 결인을 맺자, 허무의 기운이 피어오르며 그의 인기척이 완전히 사라졌다. 특히 곤륜산의 현기와 어우러져 그가 있는지 없는지 눈으로 보지 않고는 전혀 알 수 없었다. 확실히 공과 허를 중심으로 한 곤륜의 공부다웠다.

무린이 앞장서 걷자, 피월려도 최대한 기운을 안으로 갈무리하며 그를 따라갔다.

운정이 스페라를 돌아봤다.

"다녀올게요, 스페라."

스페라는 조금 낮은 목소리로 말했다.

"응. 공간 마법 준비하고 있을게. 그러니까 꼭 돌아와. 알았지?"

운정은 그녀의 머리를 한 번 더 쓰다듬고는 그녀의 입술에 입술을 포갰다.

그 짧은 행복을 뒤로하고 피월려를 쫓았다.

스페라는 그의 모습이 사라질 때까지, 가만히 서서 지켜보았다.

*　　　　*　　　　*

그들은 한 절벽에 도착했다.

그곳에는 호랑이가 입을 벌린 듯한 작은 동굴이 있었다. 무린이 먼저 들어가자, 피월려와 운정도 따라갔다.

이후 지요각에 도착할 때까지 단 한 번도 외부로 나오지 않았다.

이리저리 얽히고설킨 동굴은 산 안에서 끝없이 이어져, 어디에 있는지 어디로 향하는지 전혀 알 수 없는 천연 미로였다. 심지어는 동굴 중간 중간 고여 있는 호수 안쪽으로 잠수해서 다른 입구로 나오는 등, 길을 아는 사람이 아니면 절대로 탈출할 수 없을 듯했다.

한 시진 정도가 지났을 땐, 동굴의 벽 이곳저곳에서 석화들이 엿보였다. 그리고 따로 보수도 했는지 매끈한 벽돌도 나왔다. 그렇게 깊어지면 깊어질수록, 야생의 동굴은 인위적 색채를 더해 갔다. 거의 끝에 가서는 전각들로 보이는 건물들도 다수 보였고, 아예 사람이 뚫은 듯한 직사각형의 통로들도 더러 지나쳤다.

무린은 더욱 더 안쪽으로 끝없이 그들을 인도했다.

그렇게 두 시진이 지나서야, 그들은 지요각에 도착할 수 있었다.

"이 안이오."

동굴에 들어온 이후로 단 한 번도 말을 하지 않았기에, 그의 목은 조금 잠겨 있었다.

피월려는 앞에 있는 석문을 보더니 말했다.

"이곳이 지요각이오?"

무린은 고개를 끄덕였다.

"강령학주는 안에서 수련을 하고 있으니, 기회를 잘 잡으면 그녀를 암살하실 수 있을 것이오. 그리고 빠르게 빠져나올 수도 있겠지."

"……"

피월려는 운정을 돌아봤고, 운정은 영령혈검을 꺼냈다. 그러자 피월려도 소소를 꺼내 잡고는 석문을 열어 그 안으로 들어갔다.

그 안엔 기다란 통로가 나왔다.

한 번에 한 명밖에 갈 수 없는 폭이었다.

운정이 말했다.

"나리튬 클록에서 내력을 미리 불어넣어 주십시오. 언제 갑자기 마법에 당할지 모릅니다."

피월려는 그가 시키는 대로 했고, 나리튬에선 은은한 황금빛이 일어나기 시작했다.

한참을 걸어간 그들은 이내 그 통로의 끝에 있는 또 다른 석문에 다다를 수 있었다.

그들은 그 석문을 통해 밖으로 나갔다.

거대한 공간.

공기는 차가웠다.

하늘은 뻥 뚫려 있어 밤하늘과 은하수가 엿보였다.

운정과 피월려가 찬찬히 그곳을 둘러보았다.

원통형으로 점점 넓어지며 하늘로 솟아오르는 것을 보니, 이곳이 어디인지 너무나 분명했다.

곤륜산의 분화구.

그리고 그 중심에는 도합 여섯 명의 사람이 운정과 피월려를 마주 보고 있었다.

세 명은 이계인이었고, 세 명은 중원인이었다.

그들의 뒤에는 반월 모양의 거대한 거울 같은 것이 있었다. 그리고 그 옆으로 황금빛이 나는 기둥이 초승달처럼 휘어져 있었다. 그것은 맹렬히 회전하면서 강렬한 보랏빛을 운정과 피월려를 향해 뿌리고 있었다.

피월려의 시선이 그 거울을 향했다가 고바녠을 보았다.

고바녠의 표정은 딱딱하게 굳어 있었다.

"흐음, 역시 꿍꿍이가 있었군. 이 외투에 내력을 불어넣고 있지 않았더라면, 꼼짝없이 지옥에 갔겠소. 두 번이라니, 절대 안 될 말이지."

운정이 나지막하게 말했다.

"나리툼 클록에 항시 내력을 불어넣어 두십시오."

피월려는 시선을 옮겨 그 앞에 있는 사람들을 하나하나 보았다.

"무허진선, 종남뇌검, 매중선, 다들 한낮 강시가 되었군. 하지만 무허진선은… 저 현묘한 눈빛은 도저히 강시로 보이지 않소. 입신 그대로의 경지 같소."

"곤륜은 허무를 추구하기에 자아를 잃은 패밀리어가 되면 더욱 경지가 오른다 합니다. 아마 무허진선도 자아를 잃으며 진정한 허무를 깨달았을 겁니다. 그에 반면에 종남뇌검과 매중선에겐 그리 큰 위화감이 느껴지지 않는군요."

운정의 말투에서 묘한 기색을 느낀 피월려는 운정을 돌아보왔다.

그의 눈동자는 조금씩 흔들리고 있었다.

피월려가 물었다.

"혹 강령학주 양옆에 있는 자들은 아는 자들이오?"

"욘 그리고 멕튜어스라 합니다. 둘 다 죽은 네크로멘시 학파의 마법사들이었지요. 그런데……."

"그런데?"

"모두 살아생전의 모습을 하고 있군요. 욘은 자신의 육신을 버렸고 안우경은 온몸이 분해되었을 텐데… 겉모습만 그런 건지 아니면 육신을 다시 만든 것인지는 모르겠습니다."

"……."

그 여섯은 운정과 피월려를 바라보고 있을 뿐, 아무 태세도 취하지 않았다.

이에 피월려는 앞으로 걸어가며 말했다.

"솔직히 말하면 너무 순탄하게 흐른다는 생각은 했소. 아까 저 석문을 열고 들어오면서, 뭔가 기다리고 있어도 기다리고 있겠지, 속으로 내심 기대했다오. 근데 이건 조금 뭐랄까, 다른 의미로 뒤통수가 얼얼하오. 정말 예상하지 못했소. 이렇게 수준 낮을 줄이야."

고바넨이 얼굴을 일그러트렸다.

"뭐라고? 수준이 낮다고?"

피월려는 고개를 끄덕였다.

"강령학파 휘하 마법사들을 전부 화산으로 내몰아 놓고 덜렁 셋이 곤륜파에 있다? 게다가 친절하게도 곤륜산의 진법을 피해서 길 안내를 해 줄 곤륜의 제자가 절로 찾아왔다? 그래서 뭔가 꿍꿍이가 있겠거니 해서, 운정 도사와 나만 딱 온 것이오. 그런데 뒤에서 돌아가는 저 황금 거울을 보고 있노라니, 그 계획이 뭔지 어렴풋이 예상이 가오. 곤륜산를 공격하는 마인들을 전부 바쳐서 마족을 소환하는… 뭐 그런 거 비슷한 거겠지. 그리고 그 사실에 정말 어이가 없어서 실소조차 나오지 않소. 그 이유를 아시오?"

"……."

"왜냐하면 강령학주께서 이런 계획을 세웠다는 뜻은 바로 천마신교 낙양본부에 공간 마법진이 건설되었다는 것과 마법을 막아 내는 외투가 있다는 걸 전혀 몰랐다는 뜻이 되기 때문이오. 아마 당신은 화산에서 우리가 그대로 진격하여 곤륜산까지 오리라 생각했나보오? 그리고 무진과 무린이 만든 그 통로를 통해서 그대로 일렬로 한명씩 이곳에 들어오리라 생각했을 거고. 그렇게 하나씩 제물로 바치리라 생각했겠지."

"……."

"확신하건데, 당신은 화산에서 강령학파가 어떻게 패배했는지도 모를 것이오. 아마도 무린과 무진에 온 신경을 썼겠지.

그들로 하여금 진실로 우리를 속여야 하니까. 뭐 기억을 조작했든, 아니면 그들이 잘 아는 인물을 시체로 일으켜 세워서 뒤에서 조종했든, 알아서 잘했으리라 믿소. 그 부분은 인정해 드리지. 하지만 정보를 모으는 것을 게을리 하셔서, 계획 전체가 너무 조잡했소. 무림초출에게 맡겨도 이렇게는 안할 거요. 진심으로 묻고 싶소. 이 조잡하기 짝이 없는 계획이 정말로 성공하리라 믿었소?"

그때까지 아무 말도 하지 않고 얼굴만 찡그리던 고바넨은 입을 열었다.

"그래서? 어차피 제물이 될 너희들에게 뭘 할 수 있을까?"

피월려는 고개를 끄덕였다.

"아, 내 말이 맞긴 맞나 보군."

"……."

고바넨은 얼굴이 더 이상 구겨질 수 없을 만큼 구겨졌다.

피월려는 나지막하게 말했다.

"미안하지만, 우리에겐 마법이 통하지 않소. 항복하시오."

고바넨은 이를 악물었다. 그러더니 지팡이를 높이 들며 마법을 시전했다.

[리인카네이션(Reincarnation)].

그녀 뒤에 있던 황금빛 거울이 점차 빠르게 회전하더니, 이내 더욱 진한 보랏빛을 피월려와 운정에게 뿌렸다.

그 안에서 피월려가 코웃음을 쳤다.

"안 통한다니까 그러네."

그런데 그때 운정의 두 눈에서 갑자기 강렬한 보랏빛이 떠올랐다.

"크흑."

피월려가 고개를 돌려 운정을 보았다.

운정은 마치 눈을 감고 싶지만 감을 수 없는 것처럼 보였다. 양손으로 두 눈을 막는데도, 눈동자에서 뿜어지는 보랏빛은 그 손을 뚫어 내면서까지 빛났다.

고바녠이 말했다.

"흥, 완전히 면역은 아닌가보군."

피월려는 이해할 수 없다는 고개를 갸웃했지만 곧 어깨를 들썩이며 고바녠을 보았다."

"흐음, 어쩔 수 없군. 노마나존이니 뭐니 해서 본 실력을 발휘할 기회가 없었는데, 딱 봐도 마족 소환 마법 때문에 노마나존은 펼치지 못해 보이오. 이렇게까지 무대를 만들어 주시는데 내가 보여 드리지 않으면 안 되지."

피월려는 시익 웃었다.

그와 동시에 그의 단전에서부터 극양혈마공이 폭발했고, 그의 전신에서 마기가 흘러나와 하늘까지 이르렀다.

곤륜산 중심을 관통한 피월려의 마기는 곤륜산이 가진 모든 현기를 사납게 밀어냈다. 그와 동시에 그의 근육이 수배로 커지고 뼈가 뒤틀리기 시작했다.

그런데 어느 순간 부풀어 오르던 그의 몸이 우뚝 멈췄다. 그리곤 다시 빠르게 수축하기 시작했다. 그와 함께 전신에서 뿜어지던 마기가 갈래갈래 모이면서 진득하게 변했다. 또한 손에서 넘친 마기는 방울을 맺어 소소를 타고 흘러내렸다. 그리고 그 위에 덧씌워진 심검의 끝에 걸리더니, 땅에 떨어졌다.

툭, 툭.

바닥에 떨어진 마기 방울은 불타듯 연기로 변하여 다시 피월려의 몸에 흡수되었다.

하늘로 올라가는 마기는 마치 촛불처럼 이리저리 일렁였는데, 그때마다 그 뒤로 보이는 공간이 함께 움직였다.

피월려의 육체의 크기는 이제 완전히 원래대로 돌아갔다. 하지만 전과는 완전히 다른 모습이었다. 머리카락은 모든 빛을 잡아먹는 흑암이 되었고, 그의 피부는 모든 어둠을 잡아먹는 백색이 되었다. 그의 육신 위에는 명암이 없었고, 때문에 아무런 굴곡도 느껴지지 않았다.

피월려가 눈을 떴고, 그의 눈동자 역시 백색과 흑색뿐이었다.

입가에 웃음을 머금은 그가 말했다.

"강령학주, 당신은 진정한 입수(入獸)의 경지의 첫 희생양이 될 것이오."

고바넨은 고요한 눈길로 그를 보며 왼손을 앞으로 뻗었다.

그러자 무허진선이 현묘하기 그지없는 보법을 밟으며 앞으로 쏘아졌다.

피월려는 심검을 들어 휘둘렀다.

수욱—!

무엇으로도 막힐 수 없는 심검이 무허진선의 검에 의해 막혔다.

아니, 정확하게 말하자면, 무허진선의 검에 스며든 검리가 주변 공간을 휘어지게 만들어, 심검을 멈춘 것이다.

공(空)의 힘.

피월려의 미소가 더욱 진해졌다.

"입신은 입신이라 이건가?"

그때 고바넨의 왼손 엄지에 낀 붉은 반지에서 적색 빛이 일어났다. 그러자 멍한 표정을 짓고 있던 욘과 맥튜어스가 지팡이를 높이 들었다.

[데모나이즈(Demonize)].

[데모나이즈(Demonize)].

이에 태을소군과 안우경의 두 눈빛이 붉게 물들었고, 그들이 운정에게 달려들었다.

운정은 그것을 전혀 모르는지 여전히 두 손으로 두 눈을 가리면서 고통스러워했다.

피월려는 왼손을 무허진선을 향해 뻗으며 거리를 벌렸다. 그리고 뒤로 돌아 운정을 공격하려는 태을소군과 안우경을 향해 달려갔다.

하지만 그 즉시 무허진선의 몸이 흔들거리더니, 그 자리에서 사라져서 피월려의 앞에 나타나 그에게 검을 휘둘렀다. 어찌나 빠른지, 바람과 소리를 뒤에 두고 움직였다.

수욱―!

피월려는 전신의 힘을 다하고 내력을 다하여 심검을 휘둘렀다. 그의 검격은 이 세상에 그 무엇도 자를 만한 기세였다. 그러나 무허진선의 현묘한 검공이 그의 검을 통해 펼쳐지며, 피월려의 검격을 방어했다.

아니, 흘렸다.

피월려는 휘두르면 휘두를수록 허무해지는 기분을 떨쳐 버릴 수 없었다. 마치 아무것도 없는 공간을 향해서 검을 휘두르는 것 같았다. 눈앞에 있는 무허진선을 향해서 연거푸 검을 놀리는데, 어느 순간부터 어둠 속에 홀로 허우적거리는 듯한 느낌을 지울 수 없었다.

피월려가 무허진선에게 잡혀 있는 동안, 태을소군과 안우경은 운정에 코앞까지 다가갔다. 더는 수가 없었던 피월려는 운정을 향해 큰소리로 외쳤다.

"운정!"

그 순간 운정의 두 눈에서 보랏빛이 사라졌다. 그의 눈동자가 빠르게 움직이며, 자신을 향해 달려오는 두 고수를 포착했다.

그때 운정의 오른손이 살짝 떨렸다.

촤악.

태을소군과 안우경의 상반신과 하반신이 분리되며 그 사이로 뱃속에 있는 것을 사방으로 뿜어냈다.

욘과 멕튜어스가 멍한 표정으로 다시금 지팡이를 들었다. 그곳에서 초록빛이 흘러나와 태을소군과 안우경의 상반신과 하반신에 떨어졌다. 그러자 분리된 부근에서 초록빛을 띤 끈적끈적한 타액이 흘러나오더니, 분리된 반신들을 연결했다. 그들의 몸은 마치 아무런 일도 일어나지 않은 것처럼 원상 복귀됐다.

태을소군은 좌에서, 안우경은 우에서, 운정을 공격했다.

그들의 검에는 무허진선과 다르게 검공의 묘리가 담겨 있지 않았다. 신묘함도 현묘함도 없었다. 다만 두 검에서 강렬한 빛이 흘러나오는 것을 보면 강기를 잔뜩 머금은 것이 분명했다. 자아를 잃어 무공의 묘리를 담을 순 없으나, 강기를 담는 기술 자체는 그대로 재현이 가능한 듯싶었다.

어차피 베어 내는 것은 의미가 없다.

운정은 왼손으로 역수로 든 영령혈검을 바닥에 박아 넣었다. 그러자 그의 검에서부터 부채꼴 모양으로 땅이 단번에 훌쩍 들렸다. 마치 누군가 거대한 삽을 땅 깊숙이 파내려고 하는 듯했다.

그렇게 위로 떠오른 흙바닥은 하나의 두꺼운 방벽이 되었다. 단순한 흙이 아니라 영령혈검에 있는 운디네에 의해서 강기와도 같은 수분을 한계까지 머금은 흙이었다. 때문에 그 강도는 이 세상에 그 어떠한 것에도 뒤지지 않았다.

태을소군과 안우경은 자신의 눈앞에 들이닥치는 흙벽을 검으로 베어 냈다.

콰쾅―!

강기는 기와 다르게 운동량을 가지고 있어, 충돌 시 폭발을 야기한다.

흙벽이 터져 나가면서, 태을소군과 안우경의 전신을 휩쓸고 지나갔다. 데스나이트에 생강시 및 뱀파이어의 특성까지… 언데드에 관련된 거의 모든 기술을 집약한 태을소군과 안우경의 피부는 금강불괴만큼이나 강력했다. 하지만 운정의 흙벽이 정면으로 쏟아지자, 겉을 이루는 모든 것이 타오르고 또 벗겨지면서, 흉물스러운 내부가 훤히 드러났다.

그 동안 운정은 빙글 반바퀴를 돌았다. 허공을 향해서 영령혈검을 높이 뻗었다. 그리고 무당파의 검공의 묘리를 담아, 조용히 아래로 휘둘렀다.

스륵.

그는 공기를 베었으나, 그와 함께 그의 뒤에 있던 태을소군과 안우경의 몸이 머리에서부터 가랑이까지 쭉 잘렸다. 피부가 모조리 벗겨진 채로, 두 동강이 난 그 둘은 그 자리에 선 채로 무너져 내렸다.

다시금 욘과 멕튜어스가 지팡이를 들었다. 그러자 초록빛이 일렁이는데, 운정이 한 발을 내디뎠다.

그것만으로 운정은 욘과 멕튜어스 앞에 있었다.

그때 그들 뒤에 있던 고바넨이 큰 소리로 외쳤다.

[루밍(Rooming)]!

영령혈검이 욘과 멕튜어스의 지팡이에 닿기 일보 직전, 그들이 그 자리에서 사라졌다.

운정이 시선을 돌려 그들을 찾아보았다.

욘과 멕튜어스 그리고 고바넨과 황금빛 거울은, 거리로는 10여 장, 높이로는 20여 장 높이에 위치해 있었다. 그 둘의 지팡이에선 다시금 초록빛이 번뜩였고, 태을소군과 안우경에게 떨어졌다. 벗겨진 곳은 채워졌고, 태워진 곳은 자라 났으며, 잘린 곳은 이어졌다.

그때였다.

쾅—!

피월려와 무허진선이 싸우는 한쪽 분화구에서 거대한 폭음이 울리면서 자욱한 흙먼지가 일어났다. 하지만 그건 겨우 시작에 불과했다.

콰쾅—! 콰과쾅—!

분화구 전체가 흔들거릴 정도의 엄청난 충격이 연거푸 일어나면서 산 한쪽이 서서히 무너져 내리기 시작했다.

쿠구구구궁—!

흙먼지 속에서 투명한 검강과 흑백의 검강이 끊임없이 번뜩였고, 그때마다 천지를 진동시키는 굉음을 동반했다. 때로는 운정이 있는 곳과 고바녠이 있는 곳으로 날아오기도 했는데, 운정은 가볍게 쳐 냈고, 고바녠은 눈빛으로 소멸시켰다. 또 아무도 없는 곳으로 날아간 검강은, 분화구 안쪽에 깊은 상처를 남기며 폭발했다.

운정이 그 안을 자세히 들여다보니, 피월려와 무허진선이 한 몸처럼 엮여 있는 듯했다. 그들은 그의 눈으로도 쫓기 힘들 만큼 끝없는 공방을 주고받았다.

쾅—! 쿠쾅—!

두 고수의 싸움으로 인해 분화구가 조금씩 무너져 내리고 있었지만, 그 안에 누구도 크게 신경 쓰지 않았다.

운정이 고개를 돌려 고바녠을 보았다. 그녀는 조금도 입을 쉬지 않았다. 언제라도 운정이 오면, 그에 맞춰서 공간이동을 하려고 준비를 하는 것 같았다. 프레임보다 빠른 시간 안에 마법을 가능케 하는 문핑거즈. 그로 인해서 고바넨은 운정이 단번에 다가와도, 도망칠 수 있는 것이다.

탁.

그때 한쪽에서 가벼운 발소리가 들리자, 운정이 시선을 돌렸다. 태을소군과 안우경은 다시금 검을 고쳐 잡고 운정을 향해서 날아들었다. 처음 모습과 전혀 다를 것이 없었다.

운정은 깨달았다. 태을소군과 안우경을 아무리 공격한다 해도, 욘과 멕튜어스의 마법을 멈추지 못한다면, 아무런 의미가 없다는 것을. 그리고 마찬가지로 욘과 멕튜어스를 아무리 죽여도, 고바넨이 살아 있으면 아무런 의미가 없을 것이다.

그때 고바넨이 지팡이를 다시금 높게 들며 외쳤다.

[리인카네이션(Reincarnation)].

그러자 황금빛 거울이 맹렬히 회전하며 진한 보랏빛을 내었다.

그것은 그 어떠한 공격보다 운정에게 효과적이었다.

"크흑."

운정은 고개를 숙이며 괴로워했고, 태을소군과 안우경은 거리낌 없이 그에게 다가와 검을 휘둘렀다.

"운정!"

때마침 이를 본 피월려가 큰 소리를 내자, 그의 목소리가 반쯤 무너진 분화구를 가득 메웠다. 이에 운정은 퍼뜩 정신을 차리곤, 검을 휘둘렀다.

스륵.

한 번의 소리였지만, 태을소군과 안우경의 몸은 이십이 넘는 조각으로 변했다. 그뿐만 아니라 그 사이사이에서 화염이 일어나며, 전신이 곧 화마에 휩싸였다.

그 모습을 보곤 고바녠은 눈빛을 빛내며 중얼거렸다.

"확실히… 효과가 있어."

그때 운정의 시선이 고바녠을 향했다.

고바녠은 왠지 모르지만 등골에서 소름이 올라오는 것을 느꼈다.

그녀는 눈을 깜박였고, 곧 이유를 알 수 있었다.

운정은 순식간에 고바녠 앞에 선 채 영령혈검을 그녀의 미간에 찔러 넣고 있었다.

그런데 그때 한 손날이 옆에서 불쑥 들어왔다.

캉─!

운정의 검을 손으로 쳐낸 무허진선은 검을 휘둘러 운정을 공격했다. 그 공격은 태을소군이나 안우경의 검격과는 다르게, 입신의 묘리가 그대로 담겨 있었다.

챙! 챙!

무허진선은 여러 번 공격을 감행했고, 운정은 이를 막아 내며 물러날 수밖에 없었다. 그렇게 시간을 번 고바녠은 얼른 공간이동했다. 이번엔 무허진선도 함께 사라졌다.

운정이 땅에 내려오자, 옆에서 피월려가 천천히 걸어왔다.

그들과 한참 멀리 떨어진 곳에는 6인이 아까처럼 그대로 서 있었다.

피월려가 고바녠을 바라보며 말했다.

"이름을 부르느라, 무허진선이 빠져나갈 틈을 허락해 버렸소. 괜찮은 것이오? 그 외투로도 막지 못하는 못하오?"

운정이 지친 듯 나지막하게 말했다.

"마법에는 면역이 맞습니다. 다만 제게는 오딘아이가 있어, 마법을 보면 그것을 단순히 보는 것이 아니라 이해하지요. 특히 부활 주문은 그것을 보는 것만으로도 임모라의 인격이 깨어날 듯합니다. 그 때문에 지금까지 마법에 관련된 것이 무엇이든, 최대한 피해 온 것이기도 하고요."

피월려는 씁쓸한 표정을 지었다.

"흐음, 운이 따라 주지 않는군. 그녀가 눈치챈 것 같소?"

운정이 고개를 살짝 끄덕였다.

"그런 것 같습니다. 지금도 방어적으로 공간이동을 준비할지 아니면 공격적으로 부활 주문을 시도할지, 고민하는 듯합니다."

피월려는 깊게 숨을 들이마시고 내뱉으며 말했다.

"후우, 사실 나도 이제 입수의 상태로 더 있을 수 없소. 앞으로 한 번, 일검이 끝이오."

"……."

답이 뚜렷하지 않은 상황.

피월려는 대수롭지 않다는 듯 말을 이었다.

"그러니. 원래 계획대로 속전속결로 갑시다."

"어떻게 말입니까?"

"동시에 하지만 찰나의 시간차를 두고 고바넨을 공격하도록 하지. 내가 먼저 나서서 공격할 테니, 이후 운정 도사가 그녀를 공격하시오. 부활 주문을 외우면 영향 없는 내가 그대로 그녀를 죽일 수 있을 것이고, 공간이동하면 운정 도사가 따라붙어 죽이고."

"무허진선은 어떻게 합니까?"

"무시해야겠지. 걱정 마시오. 죽진 않을 거요. 아마도."

동귀어진 하겠다는 뜻이다.

운정이 뭐라 말하려는데, 피월려는 더 듣지 않고 앞으로 쏘아지듯 고바넨에게 날아가 버렸다.

때문에 운정은 영령혈검을 꽉 잡고는 준비할 수밖에 없었다.

그가 오른발을 살짝 들었다.

그때쯤 피월려는 거리를 반쯤 좁혔고, 고바넨이 앞으로 손을 뺏자, 세 시체가 피월려에게 달려들었다.

그런데 일순간 피월려의 몸이 엿가락처럼 쭉 늘어나더니, 어느새 고바녠에 코앞까지 당도했다. 그는 그 셋의 공격을 완전히 무시한 채, 고바녠에게만 심검을 뻗었다.

고바녠이 지팡이를 들었다.

발끝이 땅에 닿기 직전, 그는 황홀경에 들어섰다.

공간이동일까?

마족 소환 주문일까?

고바녠은 그녀 스스로 인정했듯 전투에 재능이 없다. 심계에서도 피월려가 적지 않게 실망할 정도였다.

그러니 깊게 생각할 필요 없다.

단순하게 생각해야 한다.

피월려는 지금 자신을 전혀 방어하지 않고, 고바녠을 공격했다. 태을소군과 안우경의 공격은 이미 마기만으로 튕겨 냈지만, 무허진선의 검격은 그대로 마기를 뚫고 그의 심장에 들어가기 일보 직전이었다.

고바녠의 입장에선 무허진선을 남겨 두고 공간이동할 경우, 자신은 살아나고 피월려만 죽어 버리게 된다. 그러니 전투에 일가견이 없는 그녀는 별다른 생각을 하지 않고 공간이동을 할 것이다.

그걸 기다렸다가, 따라잡으면 손쉽게 그녀의 목을 벨 수 있을 것이다.

하지만 그렇게 되면 피월려가 죽을 수도 있다. 이미 입수의 경지를 잃고 있어, 몸에서 흑백의 조화가 사라지고 있으니, 심장이 뚫려서는 살아나지 못할 가능성이 컸다.

운정은 눈을 질근 감았다.

그의 발끝이 바닥에 닿았고, 그의 몸은 피월려 뒤에서 나타났다.

운정은 양쪽으로 영령혈검을 뿌렸고, 이에 태을소군과 안우경의 미간에 박혀 들어갔다.

이후 그는 손을 뻗어서, 무허진선의 머리 위에 올려 두었다. 무허진선은 피월려를 죽이라는 명령만을 받았는지, 운정의 행동에 대해서 어떠한 반응도 보이지 않았다.

운정이 마법을 시전했다.

[리인카네이션(Reincarnation)].

이 한마디에, 무허진선의 눈이 스르륵 감겼고, 그의 검도 피월려의 등 뒤에서 미끄러지듯 떨어졌다.

피월려는 다시금 자세를 잡고 서서 검기를 뿌려, 뒤에 있던 욘과 멕튜어스의 목을 베어 버리곤, 큰 소리로 외쳤다.

"운정 도사! 강령학주를 따라가야지, 왜 나를 살렸소! 이대로라면 원점이오!"

운정은 희미한 미소를 피월려에게 지어 보였다.

그의 두 눈에는 흐릿한 보랏빛이 감돌고 있었다.

"제 부활 주문으로 인해 더 이상 무허진선을 활용할 수 없을 겁니다. 원점은 아닙니다. 욘과 멕튜어스, 태을소군과 안우경으론 우리를 막지 못할 테니, 우리가 더 유리합니다."

피월려는 얼굴을 찡그리더니 말했다.

"하지만 마법을 쓰면 운정 도사가 위험하지 않소? 그냥 나를 버리면 될 일……."

그때 홀로 남은 고바넨이 피월려의 말을 자르며 나지막하게 말했다.

"확실히. 맞아. 무허진선이 없다면, 다른 시체들론 너희들을 감당할 수 없겠지. 전투에 재능도 없고 감각도 없는 난 마법에 면역인 너희들의 손에 죽게 될 것이 자명하다."

"……."

"……."

"하지만 이대로 끝은 아니야. 리인카네이션 마법은 현재도 발전 중인 주문으로 그것을 시전하는 사람마다 특성이 다 다르지. 시동어만 같을 뿐, 개개인의 생각과 마음과 철학과 욕망이 담겨 그 마법의 효과는 각기 다른 특색을 나타낸다. 리인카네이션 주문은 우리 네크로멘시 학파의 가장 핵심적인 주문. 네크로멘시 학파의 마스터인 나보다 더 그 주문에 대해서 잘 아는 자는 없다."

"……."

"……."

"운정 도사. 네가 방금 시전한 리인카네이션이… 누구의 것인지 알 것 같다."

고바녠은 희심의 미소를 짓더니, 주문을 읊기 시작했다.

피월려는 급하게 심검을 들고는 고바녠을 향해서 달려 나갔다. 하지만 입수의 경지를 잃은 직후였기에, 그리 빠른 속도를 낼 수 없었다. 게다가 월지의 도움을 받은 고바녠의 시전 속도가 너무나 빠른 것도 한몫했다.

결국 고바녠은 마법을 완성했다.

[리인카네이션(Reincarnation)].

황금빛 거울에서 진한 보랏빛이 생성되어 운정에게 쏟아졌다. 운정은 나리튬 클록으로 인해 그 영향을 전혀 받지 않았지만, 이를 바라보며 머릿속에 떠오르는 기억을 막아 낼 순 없었다.

"크흑!"

운정의 두 눈에서 다시금 진한 보랏빛이 흘러나왔다. 그는 고통스러워하며 그 자리에서 고개를 숙였다.

이에 고바녠이 큰소리로 외쳤다.

"임모라!"

그때쯤 피월려는 고바녠에게서 고작 1장 거리 안에 들어왔다.

생각보다 빠른 속도에 고바녠의 표정이 삽시간에 공포로 물들었다.

캉―!

피월려의 두눈이 크게 떠졌다.

그의 심검이 영령혈검에 의해 막혔기 때문이다.

피월려가 고개를 돌려 운정을 보니, 운정이 고개를 갸웃하며 나지막하게 물었다.

"Dauerilotuja anejifo gukarehi dolutasemiso rujaweli?"

*　　　　　*　　　　　*

임모라가 고개를 갸웃하며 나지막하게 물었다.

"여기서 뭘 하고 있는 거지?"

고바녠은 공포에 사로잡힌 듯 보였다.

임모라는 이를 이해할 수 없었다.

엘프에겐 공포라는 개념이 거의 없다. 맡은 역할을 감당하기 위해서 태어나고 또 그렇게 살아가며 또 그렇게 죽음을 맞이하는 엘프에게 공포란 크게 필요 없는 감정이다. 때로는 자신의 목적을 위해서 생명을 버려야 하는 결정도 서슴없이 내려야 한다.

고바녠은 겨우 입을 열고 떨리는 목소리로 말했다.

"你認識你自己嗎?"

"뭐? 지금 뭐라고 말한 거지?"

고바녠은 마른침을 한 번 삼킨 뒤에 다시 말했다.

"임모라… 본인이시군요?"

임모라의 두 눈이 크게 뜨였다.

그는 이해할 수 없다는 듯 고개를 숙이고 자신의 팔을 바라보았다.

정확하게는, 들고 있던 검을.

"미안하군. 대체 내가 왜… 그런데 이 검은… 미스릴인가? 미스릴이로군."

"……."

고바녠은 그를 위아래로 살피며 가만히 있었다.

임모라는 다시 그녀에게 고개를 돌려 물었다.

"확실히 썩어 가고 있어. 몸뿐만 아니라 정신까지도. 어쩔 수 없지. 몸이 썩으면 뇌에도 영향이 있을 수밖에. 그래서 부탁인데, 지금 내가 여기서 뭘 하고 있는 지 알려 줄 수 있나? 왜, 내가 여기 있는 거지?"

그때 한쪽에서 서서히 소음이 들리기 시작했다.

아무것도 들리지 않던 귀가 청각을 되찾아 가는 느낌이었다.

임모라는 고개를 살짝 돌려 그곳을 바라보았다.

그곳엔 세 남자가 검을 들고 싸움을 하고 있었다.

그리고 그 뒤쪽에는 익숙한 두 얼굴들이 있었다.

임모라는 아무런 감정도 없는 눈길을 움직여 욘과 멕튜어스를 보았다.

"욘? 멕튜어스?"

그들은 아무런 대답도 하지 않았다.

임모라가 다시 고개를 돌려 고바넨을 보았다.

"아, 생각났다."

고바넨은 격한 숨을 쉬었다. 그렇게 몇 번이고 내쉬다가 나지막하게 말했다.

"어, 어디까지 기억하시나요?"

임모라는 손을 턱으로 가져갔다.

"글쎄, 흐음, 굉장히 희미해. 내가 확실히 아는 건, 미내로가 날 리인카네이션으로 다시 살린 거 정도? 아, 그래? 차원이동은? 차원이동은 어떻게 됐지?"

고바넨은 다시금 마른침을 삼켰다.

그녀는 매우 불안한 눈빛으로 임모라를 위아래로 훑어본 뒤 말했다.

"서, 성공했어요. 지금 이곳이 중원이에요."

"중원?"

"차, 차원이동으로 도착한 곳이죠."

임모라의 얼굴에 갑자기 함박웃음이 떠올랐다.

그는 사방을 둘러보며 말했다.

"과연! 과연! 느껴진다. 엄청난 마나야. 이 정도나 농도가 짙은 곳이라면, 나도 마법을 펼칠 수 있겠어! 그렇지 않아, 고바넨? 평생 머리로만 알던 걸 실제로 할 수 있게 됐다고?"

고바넨은 겨우 얼굴에 미소를 그렸다.

"아, 아마도요."

그때였다.

쿠—쾅!

한쪽에서 굉음이 울려 퍼지며 자욱한 먼지가 일어났다.

임모라가 고개를 돌려 그쪽을 바라보았다.

"뭐지?"

고바넨의 두 눈동자가 빠르게 돌아갔다.

그녀가 나지막하게 말했다.

"시, 실패작이에요."

"실패작?"

"리인카네이션으로 되살린 시체를 패밀리어로 삼으려고 했다가… 뭔가 잘못되어서."

임모라는 자욱한 먼지가 일어나는 곳을 주시했다.

세 남자의 공격과 방어는 그 하나하나가 찰나 안에 녹아 있어, 마치 시간을 쪼개어 싸우는 듯했다.

이를 바라보던 임모라가 툭 하니 말했다.

"엄청난 힘과 속도로군. 악마화 주문을 더욱 발전시켜 데스나이트에 주입한 건가?"

고바넨은 연신 고개를 끄덕였다.

"예, 예. 그런 셈이지요. 그런데 무언가 잘못되었는지, 제 패밀리어가 자아를 가지게 되어서… 욘과 멕튜어스가 자신들의 패밀리어로 제 패밀리어를 제압하고 있어요. 예… 그러고 있지요."

임모라는 고개를 한번 끄덕이더니 시익 웃으며 팔짱을 꼈다.

"흐음, 그래? 그런데… 네 주변에서 느껴지는 마나를 보니, 전과는 비교도 할 수 없을 만큼 수준이 높아졌구나, 고바넨. 적어도 그랜드마스터에는 오른 거 같은데? 맞나?"

"……."

"솔직히 욘과 네가 제대로 네크로멘시 학파를 이끌 수 있을지 염려가 많았어. 미내로야 뭐 도구쯤으로 여겼지만, 난 아니었거든. 네크로멘시 학파야말로 엘프를 한 단계 더 높은 존재로 진화시킬… 그런 초석으로 생각했으니까."

순간 고바넨의 눈빛이 차가워졌다.

그녀가 나지막하게 말했다.

"그랬지요. 리인카네이션 마법을 통해서 엘프가 스스로에게 목적을 부여할 수 있게 되었다고… 당신은 좋아하셨어요."

임모라의 한쪽 입꼬리가 올라갔다.

"그래서? 넌 그렇게 생각하지 않아?"

고바넨의 입술이 올라갈 듯 말 듯 떨렸다.

"……."

그녀는 끝끝내 아무런 대답도 하지 않았다.

그때였다.

쿠—쾅!

다시금 뒤쪽에서 굉음이 울리자, 임모라가 눈살을 찌푸렸다.

"시체들이 참 요란하기도 하지. 얼른 패밀리어와의 연결을 잘라 버려, 고바넨. 뭐 하러 유지하고 있는 거야? 그럼 따로 제압할 것도 없잖아?"

그녀는 잠시 눈알을 굴리다가 말했다.

"연구하고 싶어서요. 어떻게 패밀리어가 자아를 찾게 되었는지… 그걸 좀 연구해 보려고."

그 말을 듣자 임모라의 표정이 묘하게 변했다.

"아, 그래? 참 나, 시체가 자아를 되찾다니. 도대체 리인카네이션 마법을 어디까지 발전시킨 건지."

고바넨은 두 손을 모으고 말했다.

"임모라께서 한번 봐주시면 고맙겠어요. 실패작을 제압해 주세요."

임모라는 맘에 안 든다는 듯 입술을 비틀었지만 곧 나지막하게 말했다.

"참 나, 알았어. 그럼 일단 실패작은 내가 제압해 줄게. 뭔가 마나가 풍족해서 그런가… 뭐든 할 수 있는 것 같은 기분이야."

임모라는 한발을 내디뎠다. 그것만으로 이미 세 시체 사이에 나타났다.

그는 양손에 든 미스릴 검으로 모든 검격을 일순간 막아 버렸다.

카캉―!

그때 한 시체가 그를 보며 외쳤다.

"雲靜! 雲靜道士!"

그 순간 운정의 표정이 멍하게 변했다.

"피월려?"

운정은 곧 홱하니 고개를 돌려 뒤를 돌아보았다.

그곳에는 고바넨이 차가운 표정으로 내려다보고 있었다.

운정이 다시금 한발을 앞으로 내디뎠다.

그러자 일순간 고바넨의 위에 나타났다.

그가 그녀의 정수리를 향해서 영령혈검을 뻗었다.

고바넨이 다시금 목소리로 소리쳤다.

"임모라!"

임모라는 즉각 손을 멈췄다.

그는 자신의 손에 들린 미스릴 검을 물끄러미 보았다.

"이게 무슨……."

그때 양옆에서 서늘한 기분을 느낀 임모라는 공중에서 몸을 한 바퀴 돌렸다.

챙—! 챙—!

두 시체가 좌우에서 뻗은 두 검이 미스릴 검에 의해서 튕겨졌다.

임모라는 눈을 찌푸리더니, 다시 고바넨을 바라보았다.

"지금 나한테 무슨 일이 일어나고 있는 거지? 뭐야? 이 시체들도 고장 난건가? 왜 나를 공격해? 욘? 멕튜어스?"

이어서 공간이동으로 온 욘과 멕튜어스는 고바넨 뒤에 선 채 아무 말도 하지 않고 가만히 있었다.

고바넨은 빠르게 대답했다.

"당신에게 걸린 부활 마법이 완벽하게 이뤄지지 않았어요. 때문에 지금 당신이 사용하는 육신의 본 주인이 다시 그 몸을 되찾으려 하는 거예요!"

"……."

"절대로 그 인격에게 자리를 내어 주셔서는 안돼요. 그러면 당신은 영영히 되살릴 수 없게 될 거예요."

그 말에 임모라는 양손을 내렸다.

임모라가 고개를 돌려 남자를 보았다.

남자는 뭐라 뭐라 소리를 질렀지만, 그 말이 귓가에 와 닿지 않았다.

그 남자는 이내 소리 지르는 것을 포기하곤, 고바넨을 향해서 달려왔다.

고바넨이 지팡이를 들자, 임모라 양옆에 있던 두 시체가 그 남자를 막아섰다.

임모라는 이 모든 상황에 일절 반응하지 않았다. 그저 하늘로 시선을 천천히 올리곤 깊은 사색에 빠져 있었다.

"임모라! 절 도와주세요!"

임모라가 눈동자만 움직여 고바넨을 내려다보았다.

마치 그와는 또 다른 별개의 생물인 듯, 그의 팔이 공중에서 검을 휘둘렀다.

스르륵.

그 순간, 고바넨의 양 옆에 있던 욘과 맥튜어스의 목이 잘리며 아래로 떨어졌다.

고바넨의 얼굴이 창백하게 변했다.

임모라는 아무런 감정도 없는 두 눈으로 고바넨을 바라보며 말했다.

"미내로는 어디 있지?"

"……"

"말해라, 고바넨. 미내로는 어디 있나? 나는 그녀를 도와야

해. 그것이 내 목적이다."

"……."

"왜 대답하지 않는 거지?"

그때 피월려의 심검이 막 안우경과 태을소군을 베어 버렸다. 욘과 멕튜어스의 마법이 없어서 복원되지 않으니, 아무리 입수에서 벗어난 피월려라도 그들을 쉽게 처리할 수 있었다.

툭, 툭.

그들이 바닥에 떨어지는 소리를 듣자, 고바넨은 몸을 부르르 떨며 고개를 마구 저었다.

"저도 모릅니다. 저도 몰라요. 저도 모른다고요."

임모라는 소리쳤다.

"난 분명히 기억한다. 내 수식은 완벽했어! 차원이동은 실패하지 않았어. 내 육신이 모조리 불타오를 때까지 쏟아 부은 그 마법은 절대로 실패할 수 없었어."

"……."

임모라는 답답하다는 듯 고바넨에게 걸어왔다.

그리곤 그녀의 어깨를 붙잡았다.

"그러니 미내로가 가장 먼저 이곳에 왔을 거야. 그녀를 찾아야 해. 그녀가 어디 있는지 말해! 고바넨! 그녀는 성공했나? 나처럼 인간이 된 거야? 어떻게 되었지? 내가 성공했으니, 이를 바탕으로 분명 그녀도 성공했을 텐데?"

고바녠의 양손은 달달 떨려 왔다.

그녀는 결국 지팡이를 놓치고 말았다. 그리고 양손을 떨며 소리쳤다.

"몰라요!"

"모른다고?"

일순간 고바녠의 몸에서 떨림이 사라졌다.

그녀는 악에 받친 목소리로 외쳤다.

"예! 저도 몰라요! 대체! 대체 왜 내게! 왜 네게 이런 운명을 주신 거죠? 말해 봐요! 미내로는 없으니 당신이… 당신이 말해 봐, 임모라!"

"……."

"당신이 말해 보라고. 임모라!"

그녀의 두 눈에선 눈물이 코에선 핏물이 흘러내렸다.

그녀는 씹어 내뱉듯 말했다.

"난 그저 씨앗을 잘 가꾸면 됐어! 마르면 물을 주면 됐어! 먼지가 쌓이면 잎사귀로 닦아 주면 됐어! 차가우면 하늘 위로 가져가 햇빛을 보여 주면 됐어! 뜨거우면 땅속으로 가져가 묻어 놓으면 됐어! 수동적인 아이들은 어루만져 주고, 활동적인 아이들은 쓰다듬어 주면 됐어! 내 엄지손톱보다 작디작은 게 어느새 내 몸보다 더 커지면… 그러면 나는 됐어."

"……."

"그런데 그 빌어먹을 미내로가 나에게 마법을 가르쳤지! 아이들을 더욱 많이 키워 낼 수 있다면 그러면 난 족했다고! 그런 나를 이용했어! 부려먹었어! 나에게서 아이들을 모조리 가져가 버리곤, 이 냄새 나고 썩어 가는 더러운 시체들만 키우게 했어! 정성을 쏟으면 쏟을수록 더욱 추하디추하게 변해 가는 이 따위 것들 사이에서⋯ 나 또한 썩어 가게 만들었지!"

"⋯⋯."

"당신이 말해! 당신이! 미내로는 어디 있지? 대체 어디서 뭘 하고 있는 거지? 당신이 찾아내서 내 앞에 소환해. 난 그녀에게 묻겠어! 왜 내게 이 네크로멘시 학파를 키워 내라고 한 거야? 키우기만 하라고 해 놓고 어디로 사라져 버린 거야? 나보고 더 이상 어떻게 하라는 거야! 말을 해 봐! 내게서 어머니를 앗아갔으면 그녀가 말해 줘야 할 거 아니야!"

"⋯⋯."

"난 더 이상 이대로 있을 수 없어. 나는 마법을 익힘으로 Rodalesitojuda이 열어져서 일족에서 추방됐지. 그런 나에게 미내로는 새로운 목적을 부여했어. 하지만 그 목적에 있어서도 나의 Rodalesitojuda는 또다시 열어졌어. 이미 되살려진 나야. 나는 이미 되살려졌어. 그런데도 죽어가. 그런데도 사라져 가. 이번엔 무엇이 나를 되살릴 거지? 무엇이? 그러니 나는⋯ 나는 나 스스로 존재할 거야!"

고바녠이 앞으로 손을 뻗었다. 그러자 지팡이가 절로 들려 그녀의 손아귀에 들어왔다.

동시에 그녀 뒤에서 돌아가던 거울이 더욱 빠른 속도로 회전하며 그 보랏빛이 더욱더 진해지기 시작했다.

그때 멀리서 피월려가 외쳤다.

"운정 도사! 정신을 차리시오! 저 마법을 막아야 하오!"

운정의 두 눈이 순간 크게 뜨이더니, 그는 곧 고개를 떨어뜨리고 자신의 손을 바라보았다.

그 손에는 영령혈검이 쥐어져 있었다.

운정이 다시 고개를 들고 고바녠을 보았다.

그녀는 마법을 영창하기 바빴다.

운정의 입술이 몇 번이고 달싹거렸지만 끝끝내 말이 나오지 않았다.

"……."

그의 오른손이 흔들거렸고, 영령혈검이 고바녠의 심장을 관통했다.

고바녠의 가슴에선 핏물이 쏟아졌고, 곧 고개를 숙였다.

그와 동시에 뒤에서 회전하던 황금빛 거울이 힘을 잃어 그대로 바닥에 곤두박질 쳤다.

피월려는 안도한 표정으로 운정에게 다가왔다.

"운정 도사, 후우. 괜찮소?"

운정이 고개를 들어 그를 보았다.

"죄송합니다. 제가 일을 복잡하게 만들었습니다."

그가 한 말이 한어라는 사실에 피월려는 안심하며 어깨를 들썩였다.

"날 살리기 위함이니, 내가 뭐라 할 게 못 되지. 아무튼 결과적으로 잘 끝나서 다행이오."

"……."

"이제, 돌아갑시다. 빠르게 해야 할 일이 있지 않소?"

운정은 고개를 끄덕였다.

그가 왼손을 휘적거리자, 고바넨의 열 손가락에 있던 월지가 각각 그의 손가락으로 맞춰서 들어왔다.

그 순간 왼손 엄지에서 붉은 빛이 강하게 일렁였다.

그리고 운정의 두 눈에서 보랏빛이 진해졌다.

그 순간 그의 몸이 휘청거렸다.

그는 이를 악물더니 중얼거렸다.

"절대로… 절대로 휘둘리지 않겠다."

그는 그의 외침을 마음 판에 새겨 넣었다.

第一百十八章

해가 진 시각부터 자정이 될 때까지.

황룡을 지하에서 공간 마법진으로 옮기는 작업은 쉽지 않았다.

제갈극과 아이시리스 그리고 알비온과 델라이의 궁정 마법사들이 다 같이 모여 수없이 논의하고 토론한 끝에 가까스로 황룡을 공간 마법진 안에 옮길 수 있었다.

단지 그것만으로 궁정 마법사들의 포커스는 바닥이 났고, 제갈극과 아이시리스 그리고 알비온도 상당히 지쳤다. 하지만 운정이 오기 전까지, 황룡을 역소환하기 위한 준비를 마쳐야

했음으로, 그들은 온 힘을 다해서 황룡의 봉인을 느슨하게 만들었다.

그것은 마치 마구 엉킨 실타래를 푸는 것과 같았다. 또는 한붓그리기로 복잡한 도형을 그리는 것과 같았다.

문제는 결국 황룡을 역소환하는 것이 불가능하다는 점이었다.

아무리 실타래를 푼다 해도 누가 애초에 인위적으로 실을 꼬아 놓은 채 붙여 놨다면 절대로 풀 수 없다. 아무리 한붓그리기를 시도한다 해도, 세 개 이상의 홀수점을 가진 그림은 성공할 수 없다.

때문에 제갈극과 아이시리스 그리고 알비온이 할 수 있는 것은 그 불가능한 부분을 제외한 다른 모든 부분을 쉽게 풀어 놓는 것이었다. 꼬아 놓은 부분을 제외한 실타래를 미리 풀고, 세 개 이상의 홀수점을 제외한 도형을 미리 그려 놓는 것이다.

이 모든 준비를 마친 그들은 공간 마법진 밖으로 나와 그 앞에 나란히 주저앉았다. 다리에 힘을 넣을 의지조차 없을 정도로 모든 포커스를 쏟아부었기에, 그들은 서로 한마디 대화조차 하지 않고 고요한 밤하늘을 올려다 볼 뿐이었다. 운정이 도착하기만 하면 바로 역소환이 가동될 것이다.

그렇게 반시진 이상이 지났다.

광활한 밤하늘만큼 사람의 마음을 진정시키는 것도 없다.

어느 정도 포커스를 회복한 제갈극이 툭 하니 말했다.

"파인랜드에는 몬스터라는 것들이 있지? 그리고 그 종족마다 자신들의 달을 가지고 있다고. 그리고 그 달이 뜰 때만 출현한다고."

알비온이 슬쩍 고개를 돌려 제갈극을 보았다. 어떤 질문에도 대답하고 싶지 않을 정도로 마음이 지쳐 있었지만, 그건 제갈극도 마찬가지. 그러나 그는 친절하게도 공용어를 사용해 질문을 했다. 대화 또한 좋은 포커스의 회복 수단이기에 억지로라도 시도하려는 것이 아닌가 했다.

알비온이 대답했다.

"그렇습니다."

제갈극이 벌러덩 뒤로 누워 버렸다. 이에 그의 옆에 있던 아이시리스도 똑같이 누워 버렸다.

제갈극이 나지막하게 말했다.

"특이한 생물들이야. 그걸 어떻게 생물이라 부를 수 있는지도 궁금하지만."

알비온은 피식 웃더니 다시금 고개를 돌려 밤하늘을 보았다.

"지성체가 인간밖에 없는 중원의 입장에선 이해하기 어려우리라 생각합니다."

제갈극이 눈을 살짝 감았다.

"이매망량(魑魅魍魎)이라고. 과거엔 네 가지 종류의 요괴들이 존재했다고 한다. 사방신이 수호신이 되면서 그들이 모두 사라졌다고 들었어. 아마도 사방신을 수호신으로 격하하면서 그 대가로 요괴들이 모조리 소멸한 것이겠지. 그것과 마찬가지로, 황룡이 실제로 신이 되면 인간도 모조리 죽는 것이고."

이에 알비온이 어깨를 들썩였다.

"악마 소환 주문이 그러한 원리를 담고 있는 것은 맞지요. 이젠 악마 소환 주문이 아니라 신의 강림 주문이라고 해야 할 것 같지만."

"……."

"신이 되려고 하는 그 현자 말입니다. 그가 정말로 저 황룡이라 보십니까?"

제갈극은 고개를 끄덕였다.

"그는 너희 파인랜드에 있는 몬스터들을 보고 영감을 받았다고 했어. 그래서 밤하늘의 별이 되고자 한 것이다. 별을 이어서 신을 만드는 건 너희들의 문화에서 온 것이 아니더냐?"

"주류는 아닙니다만, 점성술이 없지는 않지요. 아무튼 대단한 마법사인 건 맞습니다. 천 년이 넘어 가는 세월을 이용하고 또 그 기간 동안 사용할 막대한 마나를 저장할 준비를 모두 마치고 실제로 신이 되려고 하다니 말입니다."

"운정 도사에게 희망을 걸어 봐야지. 더 세븐을 모두 모으면 불가능을 가능케 한다니까."

알비온은 잠시 황룡을 봉인한 수식을 떠올렸다. 그 안에 담긴 불가능은 말 그대로 불가능이라, 어떠한 마법적 수단으로도 도저히 해결할 수 없는 종류의 것이었다.

알비온이 나지막하게 말했다.

"만약 운정 도사가 실패한다면, 델라이 여왕께 중원의 이주민을 받도록 설득해 보겠습니다. 차원이동은 한 번에 열댓 명밖에 보내지 못한다는 한계가 있지만, 지속적으로 받으면 그래도 꽤 많은 수가 넘어올 수 있을 겁니다. 그땐 제갈극께서도 넘어오십시오. 델라이에서 극진하게 대접하겠습니다."

"……."

제갈극은 대답하지 않았다.

아니, 못 했다.

중원에 존재하는 모든 기운과 인간이 사라진다?

이는 사실 제갈극조차도 받아들이기 너무나 어려운 일이다. 그래서 도저히 감이 잡히지 않았다.

그때 공간 마법진 앞 기계 바로 옆에서, 공간이 열리고, 운정과 피월려 그리고 스페라가 나타났다.

제갈극과 아이시리스 그리고 알비온은 그 자리에서 벌떡 일어났다.

"심검마선!"

"운정!"

"스페라!"

피월려는 운정을 부축하고 있었고, 스페라는 급한 표정을 짓고 있었다.

그녀는 금세 앞으로 걸어와서, 알비온에게 물었다.

"준비는?"

알비온이 즉시 대답했다.

"전부 끝났습니다."

스페라는 고개를 끄덕이더니, 손을 한번 휘적거렸다.

그러자 그녀 옆에서 그녀의 패밀리어, 도플갱어가 툭 하니 튀어나왔다.

제갈극과 아이시리스는 얼른 운정에게로 달려가 물었다.

"괜찮나?"

"괜찮아요?"

운정은 아무런 말도 하지 못했다.

스페라가 말했다.

"임모라의 인격과 거의 융화되었어요. 게다가 문핑거즈까지 있어서."

그 말에 제갈극의 시선이 운정의 왼손 엄지로 향했다.

반지가 불길한 붉은빛을 머금고 있었다.

그것은 문핑거즈의 열 반지 중 다른 아홉 반지를 다스리는 반지다. 아홉 반지에 들어 있는 영혼들의 의지를 고양시키기 위해 만들어진 것으로, 착용자에게도 동일한 효과를 미친다. 때문에 문펑거즈를 오랜 시간 착용한 이들은 모두들 욕구의 노예가 되는 것이다.

게다가 부활 주문으로 인해 가상의 의지를 품은 존재는 그 영향을 더더욱 심하게 받을 수밖에 없었다.

제갈극이 운정에게 물었다.

"이 상태로 가능하겠나?"

운정이 이를 악물고는 다리에 힘을 주었다. 그렇게 앞으로 걸어 나가면서, 나지막한 목소리로 말했다.

"해야 합니다. 해낼 것입니다."

스페라는 당장이라도 그만두라고 소리치고 싶었다. 하지만 이 일을 마치지 않는다면, 운정이 돌아올 수 없다는 걸 알기에, 속에서부터 올라오는 슬픔을 억지로 참아 냈다.

그런데 그런 스페라를 보는 피월려의 두 눈이 낮게 가라앉았다. 그리고 점차 차가워졌다.

피월려는 아무런 말도 하지 않고 운정을 부축하며 공간 마법진의 입구까지 데려갔다. 그의 머리는 마지막 순간까지 맹렬히 돌아가며, 모든 논리와 의구심을 정리하고 또 정리했다.

그를 제외하고 모두가 운정을 걱정하는 중에, 운정은 공간 마법진의 입구 앞에 섰다.

운정이 모두에게 말했다.

"여기선 홀로 들어가겠습니다. 스페라, 도플갱어만 들여보내 주세요."

모두가 다 끄덕였으나, 피월려가 나지막하게 말했다.

"내가 끝까지 부축만 해 주고 나오겠소."

운정은 거절하려 했지만, 몸 상태가 말이 아니라 고개를 끄덕였다.

그 둘은 모두를 뒤로하고 공간 마법진 안으로 들어왔다.

거대한 원통형 공간에는 한 여인이 공중에 누워 있었다.

그리고 그 여인을 중심으로 똬리를 튼 황룡의 환영이 건물 전체를 가득 메우고 있었다.

전처럼 수많은 화려한 도형의 움직임은 없었고, 단지 그 여인 주변에만 은은한 황금빛이 감돌고 있었다.

피월려가 잠시 멈칫하자, 운정이 그를 돌아봤다. 이내 심신을 다잡은 피월려가 다시 앞으로 나아가며, 운정을 공간 마법진의 중심까지 내려다 주었다.

운정이 포권을 취했다.

"감사합니다. 황룡의 역소환을 반드시 성공시켜 보일 겁니다."

그 말을 듣고도 피월려는 한동안 움직이지 않았다.

묘한 침묵 후, 그가 나지막하게 말했다.

"한 가지만 묻고 싶소, 운정 도사."

피월려의 말은 냉담하기 이를 때 없었다.

운정이 얼굴을 굳히며 대답했다.

"예."

피월려는 그렇게 말하고 한참 동안 말을 아꼈다.

생각에 생각을 거듭하는 듯했다.

운정은 인내심을 가지고 기다렸고, 결국 피월려가 물었다.

"운정 도사가 이렇게까지 중원을 도와주시는 이유가 무엇이오?"

"이미 아시지 않습니까?"

피월려는 고개를 끄덕였다.

"알지, 알고는 있소. 운정 도사가 대의를 위해서 생명을 바칠 사람이란 것은 잘 알고 있소."

"한데?"

"나는 사람을 꽤 잘 본다오. 운정 도사는 그런 사람임이 분명하나, 운정 도사의 연인인 스페라는 그런 사람이 절대 아니오. 운정 도사가 대의를 위해서 희생하려 한다고 해서, 그걸 그냥 이해하고 놔줄 사람이 아니라는 것이오."

"……."

"물론 이 이후에 운정 도사를 회복시킬 모종의 수단이 있겠지. 하지만 지금 운정 도사의 상황은 매우 위험하오. 황룡을 역소환시키다가 죽을 수도 있소. 아니면 임모라에게 인격을 빼앗길 수도 있지. 내가 봤을 때, 스페라라는 사람은 당장이라도 당신을 납치해서 강제로 치료했어야 하오. 중원의 인간이 다 죽든 말든 말이오."

"……."

"그녀가 그렇게 하지 않고, 당신을 이곳에 보내 준 이유는… 운정 도사가 이 일을 하지 않으면 안 되는 모종의 이유가 따로 있기 때문이라 생각하오. 단순히 대의를 위한 것이 아니라, 운정 도사 개인을 위한 것 말이오. 스페라가 이렇게 놔줄 이유 말이오."

"……."

"그리고 내 마음에 그런 의혹이 생긴 이상, 운정 도사께서 제대로 답변해 주시지 않으면, 난 운정 도사를 막을 것이오. 운정 도사를 베진 않겠지만, 황룡을 베어 버릴 것이오. 어떤 결과를 초래할지는 모르지만, 다른 꿍꿍이가 있는 운정 도사에게 맡기는 것보다는 그편이 나을 듯하오."

"……."

"그러니 운정 도사, 날 설득하시오. 그러면 황룡을 역소환할 수 있도록 허락하겠소."

운정은 눈을 감았다.

그리곤 중얼거리듯 말했다.

"일을 어렵게 만드시는군요. 하지만 저 또한 한 번 일을 어렵게 만들었으니, 심검마선께서도 그렇게 한다 할 지라도 비난할 수 없겠지요."

피월려는 천천히 소소를 잡았다. 그곳에서 날카롭기 그지없는 심검이 형성되었다.

"내가 한 말은 모두 진심이오, 운정 도사. 그러니 진실을 말씀해 주시오."

운정이 다시금 눈을 떴다.

그 속엔 오로지 현묘함만이 가득했다.

그가 나지막하게 말했다.

"전 임모라와 계약을 했습니다. 아니, 약속을 했습니다."

"약속?"

"그의 존재 이유를 제가 이뤄 주는 대신에, 그가 대신 저를 위해 희생할 것입니다. 그의 희생은 제가 앞으로 운정으로 남기 위해서 반드시 필요한 것이기에, 저는 그의 존재 이유를 대신해서 이뤄 주려고 합니다."

피월려는 이해할 수 없다는 듯 고개를 갸웃했다가 이내 그의 시선이 붉은 빛이 나는 반지로 향했다.

"존재 이유라… 부활 주문으로 인해서 생긴 가공된 목적 말이로군."

"그렇습니다."

"그것이 무엇이오?"

운정이 가만히 있다 조용히 대답했다.

"미내로를 돕는 것입니다."

"미내로를 돕다?"

"제가 말할 수 있는 것은 그뿐입니다, 심검마선."

"⋯⋯."

"이것으로 답이 되지 않는다면, 심검으로 황룡을 베십시오. 어차피 전 당신을 막지 못할 것입니다."

"⋯⋯."

피월려는 가만히 운정을 바라보았다.

임모라가 원하는 것은 미내로를 돕는 것이다.

순간 피월려의 두 눈이 크게 뜨였다.

탁.

그의 손에서 소소가 흘러나와 땅에 떨어졌다.

그는 한동안 충격을 받은 듯 그 자리에 우두커니 서 있었다.

조금의 침묵이 지나고, 그는 심호흡을 한 번 한 뒤 이성을 되찾았다.

그가 다시 몸을 숙여 소소를 잡으며 물었다.

"어떻게 구분할 수 있겠소?"

그 질문 만으로 운정은 피월려가 모든 것을 깨달았다는 걸 알 수 있었다.

운정이 힘없이 웃으며 말했다.

"박소을은 패밀리어였던 시절을 기억하지 못하더군요."

그 말에 소소를 잡은 피월려의 손에 힘이 들어갔다.

그는 고개를 살짝 숙이고 짧게 고민하더니, 곧 운정을 향해서 포권을 취했다.

"감사하오, 운정 도사."

"아닙니다."

"그럼 황룡을 역소환하는 일을 잘 부탁드리겠소."

피월려는 몸을 돌리곤 뚜벅뚜벅 걸어 공간 마법진 밖으로 나갔다.

그의 뒷모습에선 슬픔과 결의가 함께 어우러져 있었다.

운정은 이제 두 눈을 들어 황룡을 바라보았다.

공간 마법진 전체를 채운 그 위엄 어린 모습은 당장이라도 실체를 갖출 것 같았다.

중앙에 떠 있는 여인은 편안한 표정으로 잠들어 있었다.

운정은 주변을 둘러보며 과거 왕가의 서재에서 읽었던 내용을 읊조렸다.

"더 서클(The Circle). 모든 마법진의 아버지. 사차원의 모든 다방면을 표현할 수 있으며, 이를 통해 모든 마법적 지식과 정보를 시각화하며, 이것이 설명할 수 없는 마법은 이 세상에 존재하지 않는다."

그의 말이 끝나자, 갑자기 공간 마법진 전체가 황금빛으로 가득 차기 시작했다. 이는 단순히 환상이 아니라 실질적인 빛이 빛나는 것으로, 공간 마법진 건물 밖까지 퍼져 나가, 낙양 어디에서도 그 황금빛을 볼 수 있었다.

운정은 뒤쪽으로 손을 들어 보였다.

"도플갱어(Doppelganger). 마법사가 자의식이 강해짐에 따라, 그 의지들이 모여 새로운 지성을 갖출 수준이 되었을 때에, 그 각각의 특색에 맞춰 태어나는 패밀리어. 그중 도플갱어는 그 모든 패밀리어의 왕으로, 어떠한 모습도 형태도 취할 수 있어 그 모든 존재의 대표가 된다."

이에 도플갱어가 점차 공중에 떠올랐다. 그리고 그 몸에서부터도 황금빛이 나타나기 시작했는데, 그 황금빛은 본래에 있던 황금빛을 더욱 더 강하게 만들었다.

운정은 목에서 목걸이를 옷 밖으로 꺼내 보였다.

"레저렉션 펜던트(Resurrection Pendent). 죽음을 되돌릴 수 없다는 절대적 진리의 대척점으로써, 그 논리가 무너지지 않도록 하는 생명의 기둥. 이 펜던트는 생명 하나를 죽여 생명 하나를 살리는 방도로, 죽음의 진리에 순종하며 동시에 반항하는 훌륭한 반례다."

그 목걸이에서도 황금빛이 점차 일어나기 시작했다. 그리고 동시에 운정의 목에서 절로 벗겨지면서 위로 둥둥 떠올랐다. 이것이 황금빛을 더하자, 무공을 익힌 고수들조차 눈이 부셔서 공간 마법진 쪽을 바라볼 수 없게 되었다.

운정은 품에서 흰 보석 하나를 꺼내 들었다.

"눌 크라운(Null Crown). 이 세상 어느 곳에도 존재하며 또 쉼 없이 흐르는 마나. 그것을 절로 멈추는 눌 크라운은, 신의 법칙과도 같은 그 마나 또한 결국 그저 이 세상에 하나의 존재일 뿐임을 증명하는 것이다. 마나 또한 무대를 이루는 것이 아니라 또 하나의 배우일 뿐이니라."

그가 말을 마치자, 놀랍게도 마나를 거부하는 흰 보석에 마법의 황금빛이 스며들기 시작했다. 다른 더 세븐처럼 스스로 황금빛을 내진 않았지만, 주변 황금빛이 그것을 떠받들기 시작했다.

운정은 양 손가락을 활짝 펼쳐, 황룡 쪽으로 뻗었다.

"문핑거즈(Moon fingers). 이 세상에 존재하는 절대 법칙인 시간의 최소 단위, 프레임을 역설하는 이로, 시간과 공간 또한 이 세상의 배경인 척하는 실체에 지나지 않음을 반례로 증명하는 것이다. 그렇다면 도대체 우리의 배경을 이루는 것은 무엇이란 말인가?"

왼손 엄지에 끼워져 있던 붉은빛 반지가 스르륵 손에서부터 미끄러져 운정의 손을 떠났다. 마치 새끼 오리가 어미 오리를 따라가듯, 나머지 아홉 반지도 운정의 손가락을 타고 나가 그 뒤를 따랐다. 각자의 반지에선 각각의 색이 흘러나왔는데, 그 빛이 모두 합쳐지니 묘하게도 하나의 황금색이 되었다.

그 황금색은 기존에 있던 황금빛을 더더욱 강렬하게 만들었고, 이젠 황금빛이 너무나 밝아 백색처럼 보였다.

운정이 양손을 착 하고 펼쳤다. 그러자 영령혈검이 그의 양손에 잡혔다.

"엘리멘탈 킹(Elemental King). 모든 자연재해의 힘을 다스리는 존재로, 이 세상의 근본을 이루는 네 가지 힘의 연결과 분열을 야기한다. 이는 별개로 보이는 그 힘들이 결국엔 하나로 뭉쳐 있다는 사실과, 그들이 섬기는 이 없는 자의식을 갖추지 않았다는 것을 반증한다."

운정의 몸과 영령혈검에서 마찬가지로 황금빛이 일어나기 시작했다. 그리고 그는 지금까지 떠오른 더 세븐들과 다른 것이 하나도 없는 것처럼, 동일하게 공중 위로 떠올라 부유했다. 그 빛은 황금빛을 더욱 강렬하게 만들었고, 이는 마치 태양처럼 빛나 밤의 어둠을 모조리 몰아낼 지경에 이르렀다.

그는 마지막으로 눈을 감으며 말했다.

"오딘 아이(Odin eye). 현실은 보이는 것. 그것이 전부인 세상일 뿐이다. 보이지 않는다 하는 것도 결국 보이는 것의 조합으로 표현된다. 이는 허상과 실체가 절대로 섞일 수 없는 것

임을 말하는 것이다. 분명한 차이점을 구분함으로, 있는 것을
없다, 없는 것을 있다 하는 모든 이들의 말을 공허하게 만든
다."

그가 두 눈을 번쩍 뜨자, 그 안에서부터 더 이상 황금빛이
라 부를 수 없는 빛이 쏟아져 나왔다. 새하얗다고 말할 수도
없는 것이, 그것은 백색으로도 표현되어질 수 없는 순수하기
짝이 없는 빛 그 자체였다.

이렇게 모든 더 세븐이 서로 모이자, 각자 내뿜던 황금빛이
더욱더 강렬해지며 순수한 빛을 세상에 뿌렸다. 이 세상에 존
재하는 모든 어둠은 물론이고 빛조차도 몰아내어 그 순수한
빛으로 가득 채웠다.

그리고 그 빛 속에는 오로지 운정과 황룡의 허상을 머금은
여인만이 있었다.

운정은 주변을 둘러보았다.

주변에는 아무것도 없었다.

끝없이 이어지는 무한한 공간을 무한하게 채우고 있는 빛
뿐이었다.

"이곳은……."

그는 말을 더 하지 못했다.

그저 빛의 공간이라는 말밖에는 표현할 길이 없었다.

운정은 고개를 돌려 진설린을 보았다.

그가 천천히 다가가자, 황룡의 허상이 꿈틀거리더니, 이내 운정 쪽으로 고개를 들이밀었다.

"나는 네가 태어날 때부터 지켜보았다, 운정."

목소리는 청룡의 그것과 완전히 비슷했다.

다만 심상에서 울리는 것이 아니라 귀로 직접 들렸다.

마치 청룡이 실체를 갖추어 말하는 것처럼.

운정이 고개를 들고 황룡을 보았다.

"현자이십니까?"

황룡의 두 눈이 깊게 가라앉았다.

"그렇다."

운정은 나지막하게 물었다.

"당신의 자의식과 마주할 수도 있다는 생각은 했습니다, 현자. 전에 제가 지하에 있던 당신 앞에서 한 모든 추측을 들으셨겠지요. 어떻습니까? 제 추측이 맞았습니까?"

황룡은 조금도 변화 없는 표정으로 운정을 보았다.

"들어 줄 만은 했다."

"뼈대는 틀리지 않았나보군요."

황룡의 눈이 한 번 깜박였다.

"거래를 하자."

운정이 물었다.

"무슨 거래를 말입니까?"

황룡은 고개를 돌려 여인을 바라보았다.

"저 여인의 품을 보아라. 나는 이제 곧 태어날 것이다. 이제 곧 정확히 천 년이 돼. 그때 나는 저 여인의 태를 통해서 이 땅 가운데 존재할 것이니라."

"더 된 줄 알았는데… 천 년이 아직 지나지 않았군요. 하지만 당신에게는 아쉽게도, 전 지금 당신을 역소환할 것입니다. 당신이 태어나게 되면 이 땅에 있는 모든 인간이 죽지 않습니까?"

"꼭 그렇지만도 않다."

"이제 와서 거짓말을 하셔도 통하지 않습니다."

"아니, 그런 뜻이 아니다. 확실히 모든 인간은 죽지. 그러나 네게는 더 세븐이 있지 않느냐? 그것이 있다면 모든 것을 할 수 있느니라. 전능한 것이다. 그러니 그 힘으로 네가 다시 모두 되살리면… 그러면 되지 않느냐?"

"……"

황룡은 탄식하듯 말했다.

"왜 하필 불가능한 것을 가능하게 하는 힘을 오로지 나를 막는 데 사용하려고 하느냐? 만약 내가 더 세븐을 모두 모을 수 있었다면, 이렇게 복잡하게 일을 만들지 않았어도 되지. 신이 되고자 했으면 될 수 있었을 거야. 하지만 더 세븐 중 하나를 얻지 못해서 어쩔 수 없었어."

운정은 그것이 무엇인지 어렴풋이 알 수 있었다. 왜냐하면 그 하나만큼은 운정도 찾아낸 것이 아니라 본인 자체였기 때문이다.

"엘리멘탈 킹이로군요."

황룡은 비릿한 웃음을 입가에 머금었다.

"얼마나 우습기 짝이 없더냐? 난 중원의 마나를 모으기 위해서 내공심법을 만들어 중원에 뿌렸다. 그런데 그걸 받아서 익힌 네가 엘리멘탈 킹이라니? 그 내공심법의 묘리로 말미암아, 자연의 힘을 모두 통제할 수 있게 되다니?"

"그렇기에 세상은 재밌는 곳이지요."

그 말에 황룡의 표정이 음산하게 변했다.

"지긋지긋한 곳이지."

"……"

"난 도저히 참을 수 없었다. 난 반드시 이 굴레에서 벗어날 것이다. 그래서 나 또한 신이 되어 죽음으로부터 벗어날 것이다."

"……"

"운정, 거래하자. 내가 신이 된다면, 결코 너를 버리지 않겠다. 네가 가진 모든 문제를 해결해 줄 뿐만 아니라, 내가 신이 된 이 마법을 네게 가르쳐 줄 것이다. 오랜 세월이 걸리기는 하지만, 나처럼 차원의 방벽을 만들어 꾸준히 모으다 보면 너

또한 신에 이르기에 충분한 마나를 모을 수 있을 것이다. 아니, 네게는 더 세븐이 있으니 더욱 쉬울 것이다. 그러니 나와 함께 신이 되자. 이 세상의 모든 것을 다 등지고, 불멸의 세계로 가자."

"……."

"운정 도사, 네가 가진 그 도를 창안한 자가 누군 줄 아느냐? 바로 나다. 내가 장삼봉이야. 신이 되고자 하는 것… 우화등선하는 것… 그 모든 것이 바로 내가 꾼 꿈이니라. 이 꿈을 나와 함께 실현하자. 오로지 나만이 그 꿈을 실현시킬 수 있을 것이다. 네가 더 세븐을 가지고 있다고 해서 꼭 신이 되리라는 법은 없다. 신이 도대체 무엇인지, 그것이 어떤 것인지, 제대로 알지 못한다면, 네게 전능한 힘이 있다한들 이룰 수 있느냐? 다만 내가 도와준다면 가능하다. 가능할 뿐이냐? 보장되어 있는 것이다."

"……."

"그러니 운정 도사, 내 말을 들어라."

운정은 가만히 황룡의 말을 듣다가 나지막하게 말했다.

"전능한 힘을 가졌다 해서 이를 함부로 사용하면 그것이 선이겠습니까? 저는 세상을 살면서 절대자의 힘이 얼마나 큰 악을 가져올 수 있는지 깨달았습니다."

"……."

"전 넘쳐 나는 힘에 한 번 휘둘려진 경험이 있습니다. 때문에 더 세븐을 모았을 땐 절대로 힘에 휘둘리지 않겠다고 다짐했습니다. 제가 하겠다고 정한 일 외에는 사용하지 않을 것입니다. 만약 제가 제 마음대로 제 자신을 위해서 더 세븐을 사용한다면, 전 필히 악의 길을 걸을 것이기 때문입니다."

"……."

"황룡, 저는 당신을 역소환하는 일, 더 세븐을 모두 모으기 전에 스스로에게 다짐한 그 일에만 더 세븐을 사용할 것입니다. 그것이 제가 혹시나 모를 죄를 짓지 않는 길입니다."

황룡은 이내 얼굴을 일그러뜨렸다.

그는 이리저리 몸을 뒤틀며 소리쳤다.

"안 된다! 절대로! 안 돼! 천 년을! 천 년을 기다렸다! 천 년을! 안 돼!"

사방으로 움직이는 거대한 몸집은 공간 자체를 부숴 버릴 듯했다. 하지만 오로지 허상에 불과한 몸은 어디에도 닿지 않고 공중을 휘적거릴 뿐이었다.

운정은 말없이 그를 보다가 곧 천천히 여인에게로 걸어갔다. 황룡은 더욱 광기를 부렸지만, 허상에 불과한 그가 할 수 있는 것은 아무것도 없었다.

운정은 양손을 뻗어 그녀의 볼록한 배 위에 두었다.

그가 눈을 살포시 감았다가 떴다.

오로지 흰 빛 밖에 없는 그곳에서 강렬한 보랏빛 두 줄기가 사방으로 번뜩였다.

[리인카네이션(Reincarnation)].

＊　　　　＊　　　　＊

낙양 전체를 물들인 황금빛은 일순간 사라졌다. 마치 생생한 꿈에서 깨어난 듯, 현실은 빠르게 본 보습을 되찾았다. 사람들은 멍한 표정으로 서로를 돌아봐서야, 자기가 꿈을 꾼 것이 아니라는 것을 확신할 수 있었다.

이는 공간 마법진 앞에 있던 모든 이들 또한 마찬가지였다. 세상을 가득 채웠던 황금빛이 사라지고 나서도, 모두들 제정신을 차리지 못하고 있는데 갑자기 한쪽에서 공간이 열리고 스페라가 나타났다. 그녀 옆에는 소청아의 시신이 공중에 떠 있었다.

운정이 황룡을 역소환하는 동안, 화산에 간 그녀가 약속대로 소청아의 시신을 인도받아 온 것이다.

그녀는 운정이 황룡의 역소환에 성공했다는 걸 깨닫고는 한걸음에 공간 마법진 건물 안으로 들어갔다.

"운정!"

그녀는 빠른 걸음으로 공간 마법진 안으로 뛰어갔고, 그런 그녀의 모습을 본 피월려 또한 그녀를 따라 안으로 들어갔다.

공간 마법진 안에는 진설린과 운정이 있었다. 진설린은 전과 다를 바 없는 모습으로 누워 있었는데, 한 가지 다른 점이 있다면 공중에 떠 있는 것이 아니라 바닥에 있다는 점이었다. 그리고 운정은 그런 그녀의 배 위에 양손을 올린 채로 엎드린 채 겨우 숨을 헐떡이고 있었다.

스페라는 운정에게 다가가, 그의 상태를 빠르게 살폈다.

"운정? 운정? 나 좀 봐, 운정!"

운정은 힘겹게 눈을 떠서 스페라를 보았다.

그의 두 눈에선 보랏빛이 나오진 않았다.

하지만 그의 눈동자가 보라색으로 변해 있었다.

운정이 희미하게 웃으며 말했다.

"스페라, 스페라……."

미약하기 짝이 없는 목소리에 스페라는 그의 얼굴을 쓰다듬으며 말했다.

"괜찮은 거지? 응? 괜찮은 거지? 얼른. 얼른 살리자. 네가 말한 시체 가져왔으니까. 얼른 살리자."

운정은 웃음을 그대로 머금은 채 눈길을 돌려 뒤쪽을 보았다.

피월려가 진설린의 손목을 진맥하고 있었다.

그의 표정은 심각했다.

운정이 부드럽게 말했다.

"천 년의 세월은 매우 깁니다, 심검마선. 그만한 세월을 역소환하는 과정을 일순간에 할 수는 없었습니다. 다만 역소환 주문은 성공했으니, 시간이 지나면 황룡의 잔재는 자연스레 사라질 것입니다."

그 말에도 피월려의 굳은 표정은 펴질 줄 몰랐다.

"얼마나 더 걸리겠소?"

운정이 나지막하게 대답했다.

"가만히 두면, 아마 10년은 걸리겠지요. 하지만 태학공자께서 연구하신다면 크게 단축할 수 있을 겁니다."

피월려는 가만히 눈을 감고는 말했다.

"알겠소, 고맙소. 운정 도사."

운정의 더욱 깊은 미소를 지으며 말했다.

"이로 인해 차원의 벽은 더욱 약화될 것이고, 아마 앞으로 파인랜드에 있는 어둠의 마법사들이 많이 넘어올 겁니다. 이에 대한 방비를 잘 하셔야 할 것입니다. 파인랜드에 있는 신무당파의 도움을 요청하시면, 훨씬 쉬워질 것입니다."

"알고 있소, 후우. 이계의 세력도, 중원도 정리를 해야겠지."

피월려의 시선이 움직여 스페라와 소청아를 향했다.

그가 진설린을 안아 들고 일어서며 말했다.

"정확한 사정은 모르지만 성공하길 빌겠소, 운정 도사."

나지막하게 말한 그는 천천히 공간 마법진 밖으로 나갔다.

운정은 이제 눈동자를 움직여 스페라를 보았다.

"스페라."

"응."

"제 목에서 레저렉션 펜던트를 꺼내 주십시오. 그리고 그걸 소청아의 목에 걸어 주세요."

스페라는 불안한 눈길로 그를 내려다보다가 말했다.

"성공할 수 있는 거지? 이걸로 임모라가 사라지는 거 맞지?"

운정은 잠시 말이 없다가 대답했다.

"부탁드립니다, 스페라."

스페라는 고개를 끄덕이고는 그 레저렉션 펜던트를 꺼냈다. 그리고 한참동안이나 그걸 내려다보다가 툭 하니 말했다.

"그냥… 더 세븐으로……."

운정이 단호하게 고개를 저었다.

"안됩니다. 설사 가능하다해도, 그 자체로도 제게는 마가 될 겁니다. 힘으로 하는 참회가 어찌 참회라고 할 수 있겠습니까?"

"……."

"스페라, 부탁드려요. 그녀에게 목걸이를 걸어 주세요."

스페라는 몇 번이고 망설였지만, 이내 고개를 끄덕이더니, 소청아의 목에 레저렉션 펜던트를 걸어 주었다.

그러자 그 순간 소청아의 몸에서 흰빛이 일어나기 시작하더니, 동시에 운정의 몸에선 검은빛이 일어났다. 그 흰색과 검은색은 이 세상에서 찾아볼 수 없는 종류의 것으로, 주변의 빛과 어둠과는 질적으로 다른, 근본적인 빛과 어둠이었다.

운정의 몸에서 나타나는 검은빛이 한데 모였고, 소청아의 몸에서 나타나는 흰빛이 한데 모여 그 둘이 중간에서 연결되었다.

"으음."

"크흑."

소청아가 잠에서 깨어나듯 소리를 내었을 때, 운정은 고통스러운 듯 이를 악물었다. 소청아의 손가락이 움직이면, 운정의 손가락은 부르르 떨려 왔고, 소청아의 피부가 붉어지면 운정의 피부가 창백해졌다.

스페라는 두 손을 모으고 이를 지켜보았다. 몇 번이고 지팡이로 손이 가려는 것을 억지로 참아 냈다. 자칫 잘못하다간, 일을 그르칠 수 있다는 걸 그녀 본인이 가장 잘 알았다.

그렇게 소청아의 몸이 점차 생기를 되찾기 시작했다. 그리고 그러면 그럴수록 운정의 두 눈동자에 스며든 보랏빛은 점차 그 빛을 잃어버리기 시작했다.

검은빛이 더욱 진해지며 주변의 어둠까지 끌어와 삼켰고, 흰빛 역시 더욱 밝아지며 주변의 빛을 빨아들였다.

소청아가 눈을 뜨자, 운정의 눈동자에 스며든 보랏빛이 마지막으로 공중에 뿌려지며 완전히 증발해 버렸다.

"크학!"

운정이 단말마적인 소리를 내자, 스페라는 더 이상 참지 못하고 그를 안았다.

그때 소청아가 자신의 머리를 살짝 집으며 자리에서 일어났다.

"여, 여긴? 어, 어디죠?"

그녀의 눈동자는 혼란스러운 듯 흔들리고 있었는데, 운정이 시야에 들어오자마자 이내 크게 떠졌다.

빠르게 생기를 잃어 가는 운정이 그녀를 바라보면서 말했다.

"소, 소저."

"우, 운정 도사? 다, 다 당신!"

그녀의 두 눈은 순간 공포로 물들었다.

그리고 짧은 순간에 그 공포는 분노로 나아갔다.

스페라는 운정의 품에서 나지막하게 말했다.

"더 말하지마. 위험해."

운정은 천천히 손을 들었다. 그리고 안심하라는 듯 스페라를 한 번 쓰다듬어 주었다.

그가 소청아에게 말했다.

"소청아, 기억나십니까? 전 당신을 죽이는 죄를 저질렀었습니다."

이에 소청아의 눈이 매섭게 변했다.

당장 닥친 현실이 너무나 낯설고 당황스러웠지만, 마지막 순간 자기를 죽인 운정의 얼굴은 결코 잊을 수 없었다.

쾌락에 젖은 채 씰그러진 미소.

소청아가 한참을 그를 내려다보다 차갑게 말했다.

"절대 잊지 못하죠."

운정은 작게 고개를 끄덕이곤 말했다.

"때문에 전 그 죄를 참회하기 위해서 당신을 살렸습니다."

"……"

"소청아, 절 용서해 주십시오. 제가 할 수 있는 말은 그 뿐입니다."

소청아의 두 눈이 더욱 더 얇아졌다.

그녀는 뚫어지도록 운정을 바라보았다.

그리곤 잔인하게 선언했다.

"죽였다가 살리면, 그만인가요?"

"……"

"전 운정 도사님을 용서할 수 없어요."

"……"

"절 다시 살렸다 해도 상관없어요. 전 평생 운정 도사님을 용서하지 않을 거예요."

이에 스페라가 강렬한 살기를 내비쳤다. 하지만 운정이 다시금 그녀의 머리를 부드럽게 쓰다듬어 주자, 곧 살심을 추슬렀다.

소청아는 흔들리는 눈으로 스페라를 보다가 마른침을 한 번 삼켰다. 그리곤 곧 자리에서 일어나 운정과 스페라를 놔두고 공간 마법진 밖으로 나가 버렸다.

스페라가 씹어 내뱉듯 말했다.

"용서하게 만들어 줄게, 운정."

운정은 희미하게 웃었다.

"제 희생을 헛되게 하시지 마세요."

불현듯, 한 줄기의 불안감이 스페라의 마음에 엄습했다.

스페라는 운정의 품에서 벌떡 일어났다.

"무슨 말이야? 왜 네 희생이야? 임모라의 희생이지!"

스페라는 불타는 듯한 눈빛으로 운정과 눈을 마주쳤다.

운정의 두 눈에는 사람에게 있어야 할 당연한 것이 거의 남아 있지 않았다.

후 하고 불면 사라질 듯했다.

불안감은 현실이 되었다.

운정이 조용히 말했다.

"임모라가 희생한 것은 맞습니다, 스페라. 하지만 제게 스며든 마는 이미 제 일부가 되었지요. 그것이 사라지면서… 저를 이루는 많은 것이 함께 사라졌습니다."

"……."

"미안해요, 스페라. 약속을 지키지 못해서."

스페라의 전신을 떨며 무너져 내렸다.

그녀가 소리쳤다.

"아니야! 아니야! 살 수 있어! 운정! 그러지마! 왜! 왜 그런 말을 하는 거야! 제발! 넌 살 수 있어! 살 거야! 살 거라고!"

"스페라……."

"됐어! 내가 살려 줄게! 내가 리인카네이션이든 뭐든 배워서 널 다시 살려 줄게 운정! 응? 리인카네이션이 잘못되서 그런 거면, 내가 살려 줄 테니까! 내가 지금껏 공부해서 익히지 못한 마법은 없어! 오히려 발전시켰지! 리인카네이션보다 더 발전된 마법을 만들어 낼 거야! 그럴게!"

"……."

"아니야, 그냥 내가 더 세븐을 쓰면 되지! 응? 그러면 되잖아! 더 세븐이면 모든 걸 할 수 있잖아! 그러면 되잖아! 모든 걸 할 수 있는데, 왜 널 못 살리겠어? 안 그래? 모든 것을 할 수 있는 그 힘으로 살리면 그만이지. 쉽잖아? 안 그래?"

"……."

"혹시 방금 그년 때문이야? 그년 때문인 거지? 그럼 여기서 기다려! 응? 잠깐만 있어! 내가 바로 나가서 데려와서 네 앞에 대령할게. 그리고 널 용서하라고 할 테니까! 꼭 널 용서하게 만들어 줄게. 꼭 그렇게! 응? 그러면 되는 거잖아? 그럼, 참회한 거잖아! 아니면, 그녀에게서 레저렉션 펜던트를 뺏어서……"

운정은 고개를 돌리며 스페라의 말을 잘랐다.

"스페라, 당신이 전지하거나 전능하거나 전선하다 해도, 그래선 안 돼요."

"……"

"그래선 안 돼요, 스페라."

그 말을 들은 스페라의 표정이 서서히 절망으로 물들었다.

운정이 그녀를 내려다보며 말했다.

"사랑해요, 스페라."

"……"

"사랑해요."

스페라의 표정이 점차 감정을 잃었다.

그녀는 나지막하게 말했다.

"약속했잖아."

"……"

"나랑 행복하게 살겠다고 약속했잖아, 운정."

"미안해요."

"미안하다고 하지 말고. 나랑 약속한 거 지켜."

"……."

"응? 말로만 그러지 말고."

"미안합니다, 스페라."

스페라는 덤덤하게 말했다.

"방법을 알려 줘. 어떻게 하면 널 살릴 수 있는데? 응? 어떻게 하면 되는데?"

운정은 허무한 목소리로 말했다.

"전 그릇이었어요, 스페라. 이를 위해 이름도 받지 못하고 배양된 존재입니다."

"……."

"제가 할 수 있는 건 다 했습니다. 스페라가 말씀하신 방법들로 다시 살아날 수는 있겠지요. 하지만 스페라도 이미 아시다시피, 그건 제가 아닙니다. 운정이 아닙니다. 왜냐하면, 운정은… 운정은 그런 식으로 살아나지 않을 것이기 때문입니다. 그렇게 해서 살아난 운정은, 운정이 아닐 겁니다."

"……."

"제 외투는… 시아스에게 넘겨주세요."

"……."

"스페라, 사랑합니다. 사랑해요."

"……."

"사랑해요, 스페라."

운정의 눈이 스르르 감겼다.

쓰다듬던 손길도 서서히 멈췄다.

피부에서도 생기가 사라져 갔다.

"안 돼, 안 돼, 이렇게는 안 돼! 절대로 안 돼! 반드시 살릴 거야! 반드시! 어찌돼도 상관없어! 절대로! 절대로 널 보낼 수는 없어!"

스페라는 자리에서 벌떡 일어나더니, 손을 옆으로 뻗었다.

그러자 그녀의 손에 지팡이가 잡혔다.

그녀는 그녀가 아는 모든 주문을 떠올렸다.

그리고 지금 상황에 가장 적합한 수식을 찰나간에 짜냈다.

그녀는 지팡이를 뻗어 운정의 머리 위에 두었다.

그리고 마법을 시전했다.

아니, 시전하려 했다.

하지만 그녀는 결국 시전할 수 없었다.

운정은 이미 회복이 불가능한 영역에 도달해 있었다.

"하. 하아… 하아아……"

그녀의 숨이 거칠어졌다.

그녀의 두 눈에선 끝없는 눈물이 흘러나왔다.

그때 뒤에서 목소리가 들렸다.

"혹시 운정 도사가 죽어 가고 있느냐?"

스페라가 고개를 돌려 그쪽을 보았다.

그곳엔 막 건물 안으로 들어온 혈적현과 제갈극이 있었다.

슬픔이 가득했던 스페라의 두 눈이 분노로 물들기 시작했다.

"네놈들… 네놈들 중원인들 때문에… 운정이… 운정이 죽었어. 운정이 죽었다고!"

그녀의 몸에서 발산되는 살기는 세상을 멸하고도 남을 지경이었다.

혈적현의 표정이 차갑게 굳는데, 제갈극이 앞으로 걸어 나오며 말했다.

"본좌가 한 번 보겠다. 아직 희망을 가져 보거라."

그 말 한마디에 모든 살기가 일순간 사라져 버렸다.

"……."

그녀의 두 눈에는 다시금 희망의 빛이 떠올랐고, 그녀는 초조한 표정으로 제갈극을 보았다.

제갈극은 운정에게 다가와 그의 상태를 위아래로 살폈다.

그러더니 나지막하게 말했다.

"다른 게 문제가 아니라 흩어지는 영혼이 문제로군. 이미 운정 본인이 그 영혼을 붙들기 위해서 모든 방법을 동원한 상태야. 술법이든 마법이든, 모든 방법이 이미 한계까지 활용된 상태로, 막대한 쿨다운이 걸려 있느니라. 그의 영혼에는 이제 어떠한 마법도 시전될 수 없어."

"……."

"하지만… 흐음, 묘하구나, 묘해. 우리에겐 때마침 마법이 아닌 방도가 있지."

제갈극은 뒤에 있던 혈적현을 보았다.

스페라는 의문 어린 시선으로 제갈극과 혈적현을 번갈아 보았다.

혈적현이 나지막하게 중얼거렸다.

"잘 작동할진 모르겠지만, 한번 해 보자."

*　　　　*　　　　*

델라이의 왕가의 서재.

애들레이드가 그 앞에 섰다. 그녀의 뒤로는 수없이 많은 하녀들이 뒤따르고 있었는데, 파인랜드 최강국인 델라이의 위엄은 그대로 보여 주는 듯했다.

애들레이드가 옆에 있는 중원인에게 말했다.

"이곳입니다. 여기서, 며칠 전 하늘 전체를 붉게 물들일 정도로 강한 불길이 솟아났었습니다."

"……."

"이대로 있다가는 정말 무슨 일이 일어날지 모릅니다."

흔치 않은 일이었다.

애들레이드는 누구에게도 경어를 사용하는 법이 없었다.

델라이의 위상은 격이 다른 것이기에, 그녀는 다른 나라의 왕을 만나도 하대했고 그녀에겐 그렇게 해도 되는 힘이 있었다.

"내가 말한 대로 준비는 다 되었소?"

애들레이드를 편하게 대하는 남자.

그는 다름 아닌 피월려였다.

애들레이드 뒤에 서 있던 알비온이 대답했다.

"일단 준비는 했습니다만……."

"그런데?"

"왕가의 서재 입구에 걸려 있는 주문은 천 년이 넘는 세월 동안이나 유지된 것으로 어떠한 마법으로도 풀 수 없습니다. 만약 방도가 있었다면……."

피월려는 소소를 꺼내 들며 말했다.

"그건 걱정 마시오."

쾅―!

격렬한 폭음이 울렸고, 왕가의 서재 문이 통째로 날아가 버렸다. 그 위에서 천 년 동안 유지됐던 모든 마법진이 붕괴했고, 이로 인해 서재의 안과 밖이 하나로 연결되었다.

"……."

"……."

모두가 얼이 빠져 있는 가운데, 피월려는 소소를 품에 넣으며 천천히 안으로 들어갔다.

가장 먼저 눈에 들어온 것은 바로 왕가의 서재 중앙을 떡하니 차지하고 있는 거대한 기계. 그리고 그 주변에서 산과 강을 이루고 있는 수백만 권의 책들이었다.

그 사이에서 한 실루엣이 꿈틀거렸다.

"누구냐! 누가 감히 들어온 거지?"

음산한 기운이 뚝뚝 묻어나는 스페라의 목소리.

피월려는 뒤를 슬쩍 보았다.

그러자 알비온이 긴장한 표정으로 고개를 끄덕여 보였고, 이에 왕가의 서재를 둘러싼 수백 명의 마법사들이 지팡이를 높이 들며 노마나존 주문을 시전했다.

주변 마나가 완전히 정지하자, 스페라의 표정이 더더욱 일그러졌다.

피월려는 태연하게 앞으로 걸어와서, 무릎 높이로 쌓여 있는 책 무더기에 앉아 다리를 꼬았다.

"당신이 필요하오, 스페라. 중원에서도, 파인랜드에서도."

"뭐?"

"차원 간의 벽이 사라진 이후로 양쪽에 수많은 혼란이 야기되고 있소. 마법에 있어 정통한 당신의 힘을 빌리고 싶소."

스페라는 차갑게 일렀다.

"그래서? 마음대로 문을 부수고 들어와서, 노마나존을 만들어놓고 협박이라고 하겠다는 거야?"

피월려는 고개를 저었다.

"당연히 그렇지 않소. 나는 거래를 하자고 온 것이오. 노마 나존은 당신의 심신이 정상적이지 않을 것 같아 미리 대비한 것뿐이오. 오해 없으시길 바라겠소."

"……."

"중원에선 이제 황룡의 일이 거의 마무리되었소. 이제 황룡의 잔재를 모두 역소환할 수 있을 것이오. 그러니 제갈극이 당신을 도와줄 수 있지. 아시다시피 운정 도사의 상태는 단순히 마법적이지만은 않소. 그가 그릇이 된 것은 도교의 사상과 무공과도 밀접한 관련이 있으니까. 내가 볼 때, 지금까지 스페라께서 매달려도 해결되지 않았다면, 필히 중원의 도움을 받아야 할 것이오."

"……."

"그리고 그 김에 우리한테서 빌려간 그 기계도 돌려주시고."

스페라는 천천히 앞으로 걸어와 피월려 앞에 섰다.

입구에서 내리쬐는 태양빛 아래 선 그녀는 여전히 아름다웠다. 다만 머리카락이 모두 백발이 되었고, 피부 또한 혈색 없이 창백했다. 눈동자 또한 마기가 가득하여, 보는 이로 하여금 절로 공포심을 느끼게 만들었다.

전처럼 태양처럼 밝은 여인은 온데간데없고, 칼날처럼 서늘한 여인만이 있었다.

스페라는 피윌려의 두 눈을 똑바로 마주하며 이를 갈며 말했다.

"너희 중원인들이 아니라면, 이런 일이 일어나지도 않았을 거야! 내가 중원에 가면 너희 모두를 잿더미로 만들어 줄 것이다."

피윌려가 툭 하니 말했다.

"아니, 아직 운정이 살아날 희망이 있는 한, 당신은 그렇게 하지 못할 것이오."

"……"

"오는 길에 당신에 대한 과거 이야기를 조금 들었소. 델라이의 미치광이라고. 당신이 만약 진짜 복수를 원했다면, 중원이든 파인랜드든 가리지 않고 모두 불태웠겠지. 눈앞에 거슬리는 모든 것을 사그라뜨리며 분노와 원망을 쏟아 냈겠지."

"……"

"하지만 당신은 그렇게 하지 않았소. 당신은 이 년 전, 운정을 보존하는 그 기계와 함께 델라이로 차원이동을 한 뒤에, 지금까지 이곳에서 칩거하고 있소. 운정을 되살리기 위해서 이 수많은 마법 책들을 보며 한순간도 쉬지 않고 연구했으리라 생각하오."

"……"

"그 이유는 혹시라도 운정이 살아날 경우에 당신을 보고 실망하기를 원하지 않기 때문이오. 그 희망 하나만으로 그토록 지독한 광기를 참아 내는 당신에겐, 어찌 보면 그 스페라란 그 이름이 정말로 잘 어울리는 듯하오."

"……."

"하지만 며칠 전, 당신은 하늘로 불길을 쏘았다고 들었소. 이젠 그조차도 한계에 다다른 것이겠지. 그러니 스페라. 이젠 우리가 도와줄 수 있도록 허락해 주시오. 그렇지 않으면 당신은 곧 운정이 바라지 않는 사람으로 변할 것이오."

스페라.

그것은 무희였던 그녀가 스스로에게 지어 준 이름이었다.

희망 없는 그곳에서 한줄기 희망을 붙들기 위해서.

그녀는 고개를 숙이고야 말았다.

그녀가 나지막하게 말했다.

"방도가 없어, 도저히. 아무리 연구를 해도, 아무리 찾아봐도 방도가 없어."

"……."

"제갈극의 말이 맞아. 운정은 이미 모든 방법을 동원해서 영혼을 붙들었어. 가능성이 조금이라도 있는 마법은 전부 다 사용하면서."

"……."

"마법으로는 정말 불가능해."

피월려가 고개를 끄덕였다.

"스페라, 운정은 당신의 광기를 막는 유일한 사람이오. 이미 중원과 파인랜드는 충분히 혼란스럽소. 현 상황에서 우리도 당신이 광기의 화신이 되는 것은 절대 원하지 않소. 단순히 당신의 힘을 얻기 위해서가 아니라, 당신이 광기의 화신이 되는 것을 막기 위해서라도, 우리는 최선을 다해 운정을 구할 것이오."

"……"

"일단 나와 함께 중원으로 갑시다. 가서 제갈극과 아이시리스의 도움도 받아 보십시오."

스페라는 한참 동안 말이 없었다.

그러다 문득 지친 듯 허무한 목소리로 대답했다.

"알았어, 그렇게 해."

피월려가 고개를 돌려 입구 쪽에 있는 알비온을 보았다.

그러자 알비온은 고개를 한 번 끄덕이고는 손을 들었다.

노마나존이 사라지자, 스페라가 손을 옆을 뻗어 지팡이를 잡았다.

이에 밖에 있던 모두의 표정에 두려움이 피어났는데, 피월려는 안심하라는 듯 짧게 손짓했다.

피월려가 말했다.

"NSMC의 차원이동 준비를 이미 마쳤소. 그쪽으로 가면 될 것이오."

스페라는 눈을 감고는 나지막하게 말했다.

[텔레포트(Teleport)].

공간이동 주문이 시전되자, 거대한 기계를 포함한 모든 이들이 NSMC에 순간이동되었다.

알비온은 침착하게 애들레이드와 시녀들을 인도한 뒤에, 차원이동 마법을 펼쳐 거대한 기계와 스페라 그리고 피월려를 중원으로 보냈다.

천마신교 낙양본부 공간 마법진.

그곳에는 제갈극과 아이시리스가 대기하고 있었다.

그들은 스페라와 피월려 그리고 거대한 기계가 차원이동으로 나타나자, 그 즉시 스페라에게 다가갔다.

제갈극은 짧게 용무를 말했다.

"지금까지 한 연구 결과는? 있느냐?"

스페라는 지팡이를 살짝 앞으로 뻗었고, 이내 그 지팡이에서 푸른빛이 나와 제갈극과 아이시리스의 머리에 닿았다. 피월려는 그 모습을 보며 나지막하게 중얼거렸다.

"이미 도움을 요청할 준비를 하고 있었군."

지식의 전달은 대략 일각 정도 걸렸다.

제갈극과 아이시리스는 네 번 정도 고개를 끄덕끄덕하는

것으로 스페라가 전달한 지식을 모두 소화해 버렸다.

제갈극이 아이시리스를 보며 말했다.

"그러니까. 임모라가 애벌레고, 마족이 나비라면… 운정은 번데기였군."

아이시리스가 정정했다.

"번데기라기보단, 그 껍질과도 같아."

제갈극은 턱을 잡았다.

"미내로가 만든 리인카네이션 주문은, 본래 현자가 만든 리인카네이션을 응용한 것이니라. 본래 현자가 만든 리인카네이션 주문은 스스로의 의지를 임의적으로 의지할 수 있는 존재, 그러니까 중원으로 말하면 초절정 정도에 해당하는 지성체를 기반으로 마족을 소환하는 것이니까."

아이시리스가 손을 모았다.

"미내로는 이를 이용해서 엘프가 인간이 될 수 있도록 했어요. 인간의 육신 속에 엘프의 영혼을 넣어서 되살리는 것이지요. 엘프의 육신은 목적을 잃으면 썩어 버리니까. 스스로 자생하기 위해선 인간의 육신이 필요했지요."

"그리고 또 욘은 그걸 이용해서 오히려 마족의 몸을 빼앗는 것으로 발전한 것이니라. 또 고바넨은 그걸 다르게 연구해서 강력한 페밀리어를 만들었고."

"맞아요. 맞아. 리인카네이션 주문은 완성된 주문이 아니라 아직도 발전하고 있는 주문이니까요."

그때 그 둘이 동시에 갑자기 의문스럽다는 표정을 지었다.

제갈극이 독백하듯 말했다.

"엘프의 영혼을 인간의 몸에 넣는 거면, 그냥 인간의 인격을 없애고 엘프의 영혼으로 채워 넣으면 되지 않느냐?"

"그러게요. 왜 굳이 미내로는 운정의 인격을 살려 두고 또 운정의 인격이 자연스레 임모라의 인격으로 스며들도록 만들었을까요?"

스페라가 나지막하게 말을 이었다.

"운정이 전에 나에게 한 말이 있어. 전부 미내로가 치밀하게 안배했다는 거야. 단 한 번도 육식하지 않고 수경신을 쉬지 않으며 도교의 학문을 배우고 무엇보다도 어머니에게 이름을 받지 못하는… 그런 상황이 되도록 유도했다는 거지. 일부러."

"……"

"……"

제갈극과 아이시리스의 미간이 더욱 좁아들었다.

피월려는 그 셋의 표정이 점차 어두워지는 것을 보며 슬쩍 소소를 잡아들었다.

만약 여기서 해결되지 않는다면, 최후의 방법밖에는 없었기 때문이다.

그때 스페라가 한숨을 쉬며 말을 이었다.

"내 생각인데, 아마도 엘프는 스스로에게 목적을 부여할 수 없었기 때문일 거야. 그래서 인간의 인격이 일부나마 필요했던 거지. 그러니, 운정이 임모라에게 스며들었던 게 아니야. 애초부터 그 둘은 융합되어 있었던 것이지. 하아."

스페라는 왼손을 들어서 자신의 얼굴을 쓸었다.

소소를 잡은 피월려의 손에도 서서히 힘이 들어갔다.

그런데 그때 아이시리스가 중얼거리듯 말했다.

"그런데… 이름을 받지 못한다? 왜 그게 중요한 거죠?"

이에 스페라가 얼굴에서 손을 떼며 대답했다.

"이름은 곧 그 정체성이니까, 그래서 그런 거 같아. 데빌에겐 이름이 그 존재 자체지."

아이시리스가 여전히 이해되지 않는다는 듯 물었다.

"그럼 운정이라는 이름은 뭔데요?"

제갈극이 대답했다.

"그건 도명(道名)이다. 이는 마법적인 시각으로 보면 별명이나, 별호와 같지. 마법이 태동한 파인랜드의 문화로 봤을 땐, 부모에게 받는 이름만이 그 사람의 참된 이름이다. 예를 들어, 마법에서 누군가를 저주하거나 할 때는 언제나 본 이름을 사용해야 하니까."

"흐음, 그렇군요. 그럼 그는 자기 이름이 없는 거네요. 그래서 쉽게 융화될 수 있었던 거고."

"……"

"……"

"……"

"……"

제갈극도 아이시리스도 스페라도 모두 지혜가 남다른 사람들이다.

때문에 그들은 그 순간에 똑같은 생각을 떠올렸고, 똑같은 표정을 지었으며, 똑같은 눈빛을 했다.

그리고 그런 서로를 바라보며 자신의 생각에 더욱 확신을 가질 수 있었다.

그때 피월려가 나지막하게 물었다.

"운정 도사가 아마 이번 년에 스무 살이 되지 않소?"

*   *   *

관혼상제(冠婚喪祭).

중원인의 인생에는 네 가지 큰 예식이 있는데, 이를 관혼상제라 한다. 이 중 첫째를 관례(冠禮)라 하여 남자의 경우 만 20세, 여자의 경우 만 15세에 치르게 되는데, 이는 한 아이가 성인이 된 것을 축하하는 의미였다.

관례에서도 가장 중요한 부분은 바로 아명(兒名)을 버리고 새로운 이름인 자(字)를 받는 것이다. 스스로 설 수 없던 어린 아이가 이제 하나의 완전한 성인이 되었다는 의미로, 관례를 치르는 이들은 과거의 어린 모습을 버리고 새사람이 되기로 다짐한다.

"우, 우리 첫째가… 보냈다고요?"

아버지와 어머니의 두 눈은 휘둥그레져서 감길 줄 몰랐다.

그들 앞에 선 수십 명의 건장한 사내들은 공손히 포권을 취하고 있었고, 그들의 맨 앞에 선 남자가 대표로 말했다.

"그렇습니다. 저희는 모두 아드님께 은혜를 입었지요. 낙양까지 부모님을 편안히 모시라고 명을 받았습니다."

아버지와 어머니는 서로를 돌아보았다.

아버지는 떨떠름한 표정으로 그들에게 말했다.

"아, 알겠네. 그, 자, 잠시 상의를 하지."

사내는 차가운 눈빛을 빛내며 말했다.

"서둘러야 합니다. 시간이 많이 없습니다."

아버지는 어머니를 데리고 집 안으로 들어갔다.

어머니가 다급하게 말했다.

"전에 첫째가 찾아왔을 때, 분명 우화등선을 하기 전에 만나러 온 듯했어요. 그런데 낙양이라니요? 세속에 있을 아이가 아닌데……"

아버지는 심각한 표정으로 말했다.

"우리가 안 간다고 하면 저들이 어떻게 나올지 모르오. 하지만 무턱대고 가자니, 남은 아이들이 걱정이오."

어머니가 되물었다.

"그, 그럼 어떻게 하죠?"

아버지는 굳은 표정을 하고 대답했다.

"일단 저들이 하는 말이 사실일지도 모르니… 나만 가는 게 좋겠소. 행여나 변고를 당한다면, 아이들을 부탁하오."

아버지가 방문을 열고 나가려는데, 어머니가 그의 옷깃을 붙잡았다.

"안 돼요! 안 돼."

"여보!"

어머니는 고개를 저었다.

"제가 갈게요. 제가 가겠어요. 어차피 당신이 없으면 전 애들을 키우지도 못해요. 먹여 살릴 수가 없어요. 그러니 제가 가는 게 맞아요."

"하지만 너무 위험하오. 외부의 일은 남편인 내가 하는 것이 마땅……."

어머니가 아버지의 말을 잘랐다.

"여보."

"……."

"전 지금껏 한 번도 당신의 말에 따르지 않은 적 없었죠. 하지만 이번에는 날 보내 주세요. 남겨진 아이들을 저 혼자선 절대로 기르지 못해요. 여보도 이 사실을 잘 알고 있잖아요?"

"……"

아버지는 결국 아무 말도 할 수 없었다.

관아의 손길이 먼 이곳은 과부에게 너무나 가혹한 곳이다.

어머니는 아버지의 두 손을 붙잡더니 말했다.

"아이들을 잘 부탁해요."

"여보……"

어머니는 애써 웃었다.

"혹시 모르지요. 첫째가 우화등선한 것이 아니라 세속에 남기로 한 것일지도……"

아버지의 얼굴에는 망설임의 빛이 떠올랐다. 하지만 아이들을 위해선, 결국 자신이 남아야 한다는 것을 너무나도 잘 알았다.

그가 말했다.

"일단 운정이 주었던 금전이라도 전부 가져가시오."

"안 돼요. 혹시 저들한테 빼앗길지 모르는데……"

"그래서 주는 것이오. 금전이 많으면 마음이 누그러져 목숨이라도 살려 줄지 누가 아오?"

아버지는 방 한쪽으로 가서 바닥을 뜯어냈다. 그리고 거기에 숨겨 둔 금전을 모두 어머니에게 건넸다.

그의 두 눈이 충혈되는 것을 보면서 어머니는 부드럽게 말했다.

"너무 걱정 말아요, 여보. 진짜로 우리 첫째가 부르는 것일 수도 있으니까."

"……."

"그럼 갈게요."

어머니는 여장부답게 나섰다.

아버지는 차마 떠나는 아내를 볼 수 없어 방 안에 남아 있었다.

어머니는 건장한 사내 수십 명 앞에 당당히 서서 말했다.

"그럼 절 첫째에게 데려다 주세요."

사내가 공손히 포권을 취했다.

"존명."

그는 어머니를 데리고 뒤쪽에 있는 가마에 태웠다.

깊은 산 내음이 물씬 풍기는 고목으로 만든 가마였다.

어머니가 거기 앉자마자 가마가 조금 들썩거리며 움직였다.

그런데 한쪽에서부터 묘한 향이 피어올랐다.

"응? 뭐지?"

어머니의 두 눈이 스르륵 감기고, 곧 그녀는 기절했다.

마차가 어느 산등성이에 도착하자 공간 마법이 시전되었고,

곧 순식간에 천마신교 낙양본부 공간 마법진 건물 앞쪽에서 나타났다.

새근새근 잠이 든 어머니는 이 모든 일을 알지 못했다.

마차 문이 열리고, 스페라가 고개를 내밀고 안을 보았다.

그녀는 어머니의 얼굴을 바라보다가, 곧 지팡이를 살짝 뻗었다.

지팡이에서 푸른빛이 일어나 어머니의 이마에 스며들었다.

"에구머니나!"

어머니는 화들짝 놀라며 주변을 마구 살폈다. 그러다가 가마 문을 통해 자기를 바라보는 여인을 보곤 물었다.

"누, 누구시오?"

스페라는 깊게 웃으며 고개를 숙였다.

"인사 올립니다. 스페라라고 합니다. 아드님의 정인이지요."

"수, 수패라? 우, 우리 아들의 정인이라고?"

"예, 어머님."

"……"

어머니가 당황해하는 사이, 스페라가 마차 문을 활짝 열었다. 그러자 눈부신 햇살이 내려와 모든 시야를 가렸다.

어머니는 마른침을 삼키고는 잠시 심호흡을 했다. 그러곤 천천히 마차 밖, 빛의 세상으로 나갔다.

위잉—! 위잉—!

어머니는 눈앞에 보이는 광경에 다리 힘이 풀려 그 자리에서 털썩 주저앉았다. 난생처음 보는 거대하기 짝이 없는 큰 쇠공과 그 주변에 떠다니는 황금빛 문양들에서 도저히 눈을 뗄 수 없었다. 그뿐만 아니라 그 주변에서 울리는 명쾌하고 반복적인 소리도 정신을 멍하게 만드는 데 일조했다.

그때 누군가 그녀의 옆을 부축해 주었다.

"바닥이 차갑습니다. 일어나시지요."

어머니가 옆을 보니, 그곳엔 한 남자가 있었다.

그가 물었다.

"다, 당신은 누구시죠?"

그 남자는 공손이 고개를 한번 숙이곤 말했다.

"피월려라 합니다. 아드님의 친우라고 할 수 있지요."

"치, 친우?"

그는 곧 손가락을 앞으로 뻗었다.

"저 거대한 기계가 보이십니까? 아드님께서는 저 안에 잠들어 있습니다."

아들에 관한 소식에 어머니의 정신이 퍼뜩 깨어났다. 난생처음 보는 광경과 처음 듣는 소음도, 아들을 향한 마음을 지울 순 없었다.

순간적으로 불안감이 엄습하자, 어머니의 표정이 어둡게 변했다.

"우, 우리 첫째에게 무, 무슨 일이 생긴 것인가요?"

피월려는 고개를 끄덕였다.

"그렇습니다. 때문에 어머님을 부른 것입니다."

어머니는 양손에 주먹을 쥐고는 발을 한 번 굴렀다.

"아이고! 아이고! 우화등선을 하다가 심마에 든 겁니까? 아니면 돌이킬 수 없는 과오를 저지른 겁니까? 아이고! 어떡하다 우리 아이가… 아이고."

그 말을 들으며 피월려와 스페라가 눈을 마주쳤다.

이에 피월려가 다시 어머니를 보며 나지막하게 말했다.

"그런 건 아닙니다. 다만, 아드님에게 이름이 없는 것이 문제여서 그에게 이름을 주십사 해서 불렀습니다."

순간 어머니의 두 눈이 동그랗게 변했다.

"이름을?"

"올해로 스무 살이 되는 걸로 알고 있습니다만."

어머니는 박수를 쳤다.

"맞아요! 올해로 스무 살이 되지요. 이, 이것은… 천계의 관례로군요!"

피월려는 살짝 미소를 머금었다.

"어머님께서 아드님에게 자(字)를 지어 주었으면 합니다."

어머니는 고개를 연신 끄덕이다가 나지막하게 말했다.

"흐음, 좋아요. 마땅히 그래야지요. 전에 약속하기도 했고.

그, 그런데… 흐음, 우리 아이의 얼굴을 보고 싶은데, 괜찮습니까? 어떤 상태인지 걱정이 돼서……."

그 말에 피월려는 고개를 저었다.

"아드님께서 지금 위중한 상태라 저 기계를 열 수는 없습니다. 그러면 그가 크게 다치게 될 것입니다."

"어머나!"

"다만 저 기계를 향해서 이름을 지어 주시면 될 것입니다. 그러면 아드님이 회복하고 기계 밖으로 스스로 걸어 나올 것입니다."

어머니는 머리를 긁적이다가 나지막하게 말했다.

"역시 천계(天界)의 물건인가 봅니다. 이, 이름을 지어 주면 그만이라니……."

그녀의 눈빛에는 여전히 의심이 가득했다.

이에 스페라가 그녀 앞으로 걸어갔다.

그리고 무릎을 꿇고는 그녀의 두 손을 맞잡았다.

어머니의 두 눈이 휘둥그레지는데, 스페라가 말했다.

"어머님."

"……"

"아드님은 제게 정말로 소중한 분이세요. 비록 혼례를 치르지는 않았지만, 아드님께서는 저와 평생을 함께하기로 맹세했답니다."

"⋯⋯."

"많이 혼란스러우신 것 알아요. 갑작스레 낯선 사람들이 나타나서 아들에게 이름을 지으라니, 누구라도 혼란스럽겠지요."

"⋯⋯."

"하지만 저희를 믿어 주세요. 저희를 믿어 주시고, 아드님에게 자(字)를 내려 주세요."

"⋯⋯."

"부탁드려요, 어머님."

어머니는 스페라의 두 눈을 한참을 바라보았다.

의구심이 가득했던 어머니의 눈빛은 점차 낮게 가라앉았다가 곧 다시금 따뜻하게 변했다.

어머니는 손을 들어 스페라의 머리를 매만지며 나지막하게 말했다.

"다른 건 모르겠지만 네 눈빛에는 애절함이 있구나, 아가야. 알겠다. 아들에게 이름을 지어 주마."

그렇게 말한 어머니는 눈을 들었다.

그녀는 한참 머뭇거리더니 기계를 향해서 말했다.

"열 살의 나이의 너를 무당에 떠나보내고, 얼마나 그리워했는지 모른다. 이 년 전, 네가 나에게 찾아왔을 때 얼마나 행복했는지 모른다. 그리고 이름을 지을 수 있게 허락해 줬을 때도 얼마나 기뻤는지 모른다. 때문에 네 이름을 무엇으로 할까,

매일 고민했단다. 그래, 매일 고민했지."

"……."

"……."

어머니는 따뜻하게 웃었다.

"첫째야, 항상 널 생각하면 너무나 많은 감정이 올라오는구나. 너무나 많은 생각들이 떠올라. 마치 지금 널 감싸고 있는 천계의 보물과 황금 문양들과 같아. 네 이름은… 그래, 네 이름은 이제부터 운정(暈情)이다."

어머니의 선포가 끝나기 무섭게 황금빛 문양들이 파도처럼 울렁이기 시작했다. 그뿐만 아니라 그 안에서 또 다른 황금빛 문양이 떠오르고 사라지기를 반복하며 마치 소용돌이를 이루기 시작했다.

그와 동시에 시공간이 진동을 하며 휘어지기 시작했는데, 이 때문에 기계가 수십, 수백, 수천 개의 잔상을 남기면서 이리저리 왜곡되었다.

스페라는 자리에서 벌떡 일어나 어머니를 왼손으로 꽉 붙잡고는 지팡이를 앞으로 뻗어, 모든 영향으로부터 어머니를 보호했다. 피월려 또한 그 안으로 들어와 그녀를 도왔다.

황금빛은 점차 강렬해지며 흰빛을 내었다. 그것이 세상을 모조리 희게 물들일 때쯤, 휘어진 공간이 그 빛들을 모두 다 끌어들였고, 이내 모든 빛이 기계 안으로 빨려들어 갔다. 그렇게 기계 안으로 들어간 빛은 다시 나오지 못했다.

모든 황금빛 문양이 사라지고, 천마신교 낙양본부 공간 마법진 내에는 거대한 기계와 어머니, 스페라 그리고 피월려만이 남게 되었다.

셋은 조용히 기계를 바라보았다.

"……."

"……."

"……."

얼마나 지났을까?

아무런 일도 일어나지 않자, 어머니의 눈빛에는 슬픔이, 스페라의 눈빛에 절망이, 피월려의 눈빛에는 냉혹함이 찾아들었다. 그 감정들은 서서히 두 눈을 모두 채우기 이르렀고, 이내 밖으로 표출되려 했다.

그때였다.

쿵—!

기계의 문이 활짝 열렸다.

슬픔은 기쁨으로, 절망은 희망으로, 냉혹함은 포근함으로 변했다.

"운정!"

"운정아!"

"운정 도사!"

세 명의 외침에 응답이라도 하듯, 운정은 기계 밖으로 얼굴을 내밀었다.

그는 어쩐지 멍한 표정이었다.

꼭 오랜 꿈에서 깨고 나온 사람처럼.

그런 운정을 보며 스페라는 주체할 수 없는 충동을 느끼고 달려가 격하게 운정을 끌어안았다.

"스페라?"

운정은 갑자기 달려와 자신의 품에서 어깨를 들썩이는 스페라의 행동에, 그리고 그 따스한 온기에 정신을 차렸다.

그제야 꿈에서 깨어난 듯 확장된 동공으로, 스페라의 어깨를 잡고 올렸다.

스페라는 어린아이처럼 울고 있었다.

운정은 그녀를 향해 부드럽게 웃어 보였다.

이내 두 입술이 마주쳤다.

終章

횃불을 환히 켜 놓은 부교주전의 큰 마당에는 나지오가 뒷
짐을 지고 있었다.

　나지오가 피월려를 발견하고 말했다.

　"어? 왔어?"

　피월려는 나지오에게 말했다.

　"술 한잔하자고 하지 않으셨소? 술상이 없는 듯한데?"

　나지오는 작은 미소를 지으며 말했다.

　"그냥 놀라게 하려고 부른 것뿐이야."

　"그게 무슨……."

그때 부교주전의 문이 열리고 혈적현이 그곳에서 나타났다.

금빛 용이 수놓인 검은 무복을 입은 혈적현을 보자, 모두 고개를 숙이며 예를 표했다. 어둠 속에 숨었던 흑설도 즉시 모습을 드러내 예를 갖추었다.

혈적현은 천천히 피월려에게 걸어와서 그의 어깨에 손을 올리며 말했다.

"피월려, 축하한다."

"축하할 일이라 하면?"

혈적현은 옆으로 비켜서며 말했다.

"몇 년간의 연구가 드디어 성공했다. 진설린으로부터 황룡을 분리해 냈어."

"그런……."

피월려는 말을 끝까지 잇지 못했다.

그 순간 문밖으로 걸어 나온 한 여인, 진설린이 눈에 들어왔기 때문이다.

그녀는 보름달조차 눈이 부신지 손으로 아미를 찌푸렸는데, 곧 피월려의 모습을 보곤 손을 툭 하고 내렸다.

모두 숨을 죽인 가운데, 그들은 서로의 눈을 바라보았다.

그녀가 가까스로 입을 여더니 말했다.

"눈동자가 더욱 깊어지셨군요."

"……"

피월려가 말없이 미소 짓자 진설린이 말을 이었다.

"이리 와요, 월랑."

월랑.

그 두 마디 말에 피월려의 두 눈이 지진이라도 난 듯 흔들렸다.

저벅, 저벅.

그가 진설린 앞에 걸어감에 따라, 그의 눈동자는 천천히 제자리를 잡았다.

피월려가 그녀를 껴안았을 땐, 그의 두 눈은 한없이 차가웠다.

그가 오른손으로 소소를 잡았다.

푹―!

심검이 진설린의 심장을 꿰뚫었다.

핏물이 분수처럼 뿜어졌다.

그 자리에 모든 이들은 믿을 수 없다는 듯 그를 바라보았다.

"워, 월려?"

"자, 장로?"

누구보다도, 진설린이 가장 경악한 얼굴로 피월려를 보았다.

피월려는 그녀를 내려다보며 차갑게 말했다.

"당신이 린매라면, 날 월랑이라 부를 수 없소. 그 기억들은 그녀에게 없을 테니까."

"커흑, 커헉. 어, 어떻게 그, 그걸… 이, 이럴 수가… 와, 완벽… 했는……"

진설린, 아니, 미내로는 그대로 허물어지듯 땅에 쓰러졌다.

피월려는 소소를 다시 품에 넣고 차갑게 죽어 가는 그녀를 내려다보았다.

그가 말했다.

"진설린은 처음 만난 그날 죽었소. 그 이후로 내가 아는 그녀는 그녀가 아니지. 그저 만들어진 존재. 그 존재로 나를 끝까지 속이려 하다니 역시 대단하오, 미내로."

"……"

"잘 가시오, 미내로."

입에서 끊임없이 피를 토하는 미내로의 두 눈이 점차 감겼다. 그녀는 필사적으로 눈을 뜨기 위해서 안간힘을 썼지만, 결국 눈꺼풀의 무게를 이기지 못했다.

이를 확인한 피월려는 자리에서 일어났다. 그리고 몸을 돌려 부교주전을 떠났다.

그의 뒷모습은 비장하기 이를 데 없었다.

그 누구도 차마 그를 뒤따라갈 수 없었다.

피월려는 다시 언덕 위로 올라가 한적한 곳에 앉았다.

그리고 소소를 꺼내 입가로 가져가 연주를 시작했다.

일다경.

한 식경.

한 시진.

속에서 끝없이 기승을 부리는 극양혈마공이 그나마 자리를 잡기 시작했다.

그가 소소를 내리며 말했다.

"이계의 일이 바쁠 텐데, 어느새 오셨소?"

운정은 피월려처럼 가만히 하늘을 올려다보았다.

"스페라에게 이야기를 들었습니다. 결국 진설린이 아니었나 보군요."

피월려는 고개를 살짝 끄덕였다.

"이미 예상한 것이오. 실망할 것도 없지."

운정은 눈길을 돌려 피월려를 보았다.

"하지만 그리워하지 않으셨습니까?"

"미련에 불과하오. 미련."

"……."

피월려는 소소를 품에 넣으며 팔을 뒤로 뻗어 기둥을 삼고는 말했다.

"나는 사실 진설린을 전혀 알지 못했소."

"예?"

"처음 마주친 그날, 내가 그녀를 죽였소. 내가 아는 진설린은, 미내로의 패밀리어가 된 후의 진설린이었지. 그녀가 진짜 어떤 사람이었는지는… 잘 모르오."

"……."

운정은 그에게 무슨 사정이 있는지 정확히 알지 못했다. 중원과 이계의 상황이 매우 어지럽기 때문에, 서로 속을 터놓고 개인적인 이야기를 할 만한 시간이 지금껏 없었기 때문이다.

피월려는 깊게 숨을 들이마시곤 말했다.

"그렇기에 미내로가 아니라 진설린으로 깨어났다고 해도 별반 다르지 않았을 것이오. 그녀에게 나는 그저 낯선 살인자에 불과하니까."

운정은 피월려를 돌아봤다.

"그럼 두 경우 모두 다 심검마선께서 알고 계셨던 그 진설린과는 만날 수 없었다는 걸 알고 계셨군요."

"그래서 주저 없이 미내로를 죽일 수 있었소."

피월려의 두 눈동자에는 한 줄기 아련함이 있었다.

운정이 물었다.

"미내로를 통해서 진설린의 인격을 다시 되찾을 수 있으리라 생각하진 않으셨습니까?"

"그런 생각이 들긴 했소. 사실 그게 무서워서 즉각 처리한 것이오. 그 이야기를 듣고 나면 아마 나는 또 흔들렸겠지. 그게 싫었소."

"……."

피월려는 고개를 돌려 운정을 바라보았다.

그리고 피식 웃었다.

"사실 나는 이성적인 척은 혼자 다 하지만, 매우 감성적인 사람이오. 또 마치 굳은 신념이 있는 것처럼 행동하지만, 실상은 이리저리 갈대처럼 잘 흔들리오."

운정도 마주 웃었다.

"저와는 하나부터 열까지 완전히 다르신 분인 줄 알았는데, 그 부분은 쏙 빼닮았군요."

"하하하, 크하하."

피월려는 하늘이 떠나가라 웃었다.

한참을 원 없이 웃은 그가 말했다.

"어떻소, 이계는?"

운정은 고개를 돌려 하늘을 올려다보았다.

"신무당파의 도움으로 델라이 왕국은 파인랜드의 초강대국이 되었습니다. 더 이상 왕국이라 부르기 어려울 정도로 많은 영토들을 자치령으로 삼고 있지요. 그 안에선 신무당파의 활동이 자유롭기에 치안을 잘 유지하고 있습니다."

"슬슬, 델라이 권력과 갈등이 생기겠군."

운정은 고개를 저었다.

"다행히 아직까진 없습니다. 애들레이드 여왕님은 큰 야심이나 야욕이 없으신 분입니다. 그저 자신의 통치 아래 있는 모든 사람들이 화평하게 살기를 바라시는 분입니다."

"그런 왕이 계속해서 대를 잇진 않을 것이오."

"물론 그렇습니다. 하지만 그건 신무당파도 마찬가지. 후대에도 타락하지 않으리란 법은 없지요. 그것까지는 제가 상관할 일이 아닙니다."

"상관할 일이 아니다?"

"제 영역이 아닙니다."

그 묘한 어투에 피월려는 눈을 동그랗게 떴다.

그는 곧 툭 하니 물었다.

"설마 사랑교의 신이라도 믿는 것이오?"

운정은 쓴웃음을 지었다.

"설마요. 제가 방금 한 말은 신께서 알아서 잘해 주실 거다, 뭐 그런 이야기가 아닙니다."

"그럼?"

"제 영역 내에서 최선을 다했으면 족하다는 것뿐입니다."

"......."

운정은 팔짱을 끼더니, 피월려에게 물었다.

"중원은 어떻습니까?"

피월려는 기대던 팔을 머리 뒤로 가져가며 뒤로 누워 버렸다.

"마도천하라면 마도천하겠지. 모든 곳을 정리했으니 말이오. 하지만 오래가진 않을 것이오."

"혈마석 때문입니까?"

"그렇소. 이제 마공은 천마오가의 소수 인원들만 익히는… 뭐랄까, 일인전승이나 신비문파의 무공처럼 될 것이오."

"혈마석을 보편화시키는 방법을 더 연구해 보면 어떻습니까?"

"태학공자가 어렵다고도 했고 또 막상 그렇게 되면 제갈세가에 너무 큰 힘을 실어 주는 것일 수도 있소. 또 그게 그리 바람직한 결과를 초래할 것 같진 않아서 말이오."

운정은 고개를 여러 차례 끄덕였다.

그가 말했다.

"그럼 앞으로는 어떻게 하실 것입니까? 전에 말씀하신 것처럼 뒤에 서서 큰일에만 관여하는 방식으로 중원의 조화를 지키실 생각입니까?"

피월려는 고개를 살짝 돌려 운정을 보았다.

"시도는 해 보겠지만… 그야 뭐, 알아서 잘되겠지. 그것까진 내 영역이 아닐 것 같소."

"……."

"하하하."

무책임하기 그지없는 말이었지만, 운정은 왠지 모르게 그 말이 마음에 들었다.

이내 차가운 밤바람을 타고 묘한 침묵이 찾아왔다.

운정이 자리에서 일어나며 말했다.

"이만 가 봐야 할 듯합니다."

"벌써 말이오?"

"스페라는 아이를 잘 못 돌봐서 말입니다. 곧 아비가 사라 졌다는 걸 눈치채고 울 겁니다."

피월려는 어깨를 들썩였다.

"아하, 그럼 돌아가 봐야지. 아, 그런데 잠깐."

"예, 말씀하시지요."

"그 박소을 박사 말이오. 그가 사라져 버렸소."

"예?"

피월려는 어깨를 들썩이더니 말했다.

"기어코 자기 고향으로 돌아가겠다고 연구에 연구를 거듭 하더니, 결국 가 버렸지 뭐요. 그가 타고 온 기계도 함께 사 라져서, 적현이 아주 아쉬워했소. 물론 충분히 많이 배웠지만 말이오."

운정은 이해가 가지 않는다는 듯 말했다.

"고향으로요? 그의 고향은 여기라고 하지 않았습니까?"

"맞소. 그는 그 기계에 잠든 채 수천 년을 대기권에서 떠돌

다가 내려온 것이었지. 이 세상이 다시금 회복하여 생명체가 살아갈 수 있는 상태가 될 때까지."

"한데 어떻게 고향으로 돌아갈 수 있습니까?"

"정확한 원리는 모르겠소. 하지만 그 기계가 사라진 여파를 기이하게 여긴 제갈극이 잠시 연구해 본 결과, 시공간이 찢어진 흔적이 있었다고 했소."

"……"

"과거로 돌아간 것이 아닌가 하오. 자신이 원하던 과거."

운정은 고개를 저었다.

"설마요. 그런 일은 있을 수 없습니다. 시간을 뛰어넘다니요."

"나도 그렇게 생각해서 적현에게 물어보니, 평행 세계니 뭐니 이상한 소리를 해서, 더 듣지 않았소. 하지만 운정 도사라면 분명히 알아들으시리라 믿소. 언제 한번 시간이 되면 이야기를 해 보시오."

운정은 눈초리를 모으고 가만히 그 자리에 서 있었다. 한동안 우두커니 서서 움직일 생각을 하지 않았다.

피월려는 여유롭게 그를 기다려 주었다.

그런데 문득 그가 물었다.

"그러고 보니 저도 심검마선께 말씀드리고 싶었던 것이 있습니다."

"오, 나한테?"

"그렇습니다."

피월려는 방긋 웃더니 말했다.

"말씀해 보시오. 아이가 아비를 찾고 있을 테니, 최대한 간결하게 해야겠지."

운정은 잠시 눈길을 돌렸다가, 다시 그를 보았다.

"사실 말씀을 드리고 싶었다기보다는 질문을 하고 싶었습니다."

"질문?"

"예."

피월려의 한쪽 입꼬리가 슬쩍 올라갔다.

"얼마나 곤란한 질문이길래 이렇게 시간을 끄는지 모르겠군."

"……."

"괜찮으니, 해 보시오."

운정은 헛기침을 하더니 물었다.

"그, 지옥은 어떤 곳입니까?"

"……."

피월려의 얼굴이 살짝 굳었다.

사실 운정을 제외하고도 많은 이들이 피월려와 나지오에게 지옥에 관해서 물었었다.

그리고 그때마다 피월려와 나지오는 제대로 된 대답을 해
주지 않았다.

운정도 그 사실을 잘 알고 있었기에, 이토록 조심스레 물어
본 것이다.

운정이 다시 말했다.

"본래 심검마선께서는 초마의 경지까지 떨어지셨다가, 지옥
에서 다시금 입수의 경지를 터득하신 것 아닙니까? 어떤 경험
을 하셨기에, 지금까지 누구도 성공하지도 못했고, 어디에도
알려지지 않은 입수의 경지를 이룩하실 수 있었는지 궁금합
니다."

피월려는 운정을 한참을 바라보았다.

그러곤 한숨을 쉬었다.

그가 입을 열었다.

"지옥은 말이오……."

『천마신교 낙양본부』完

外章

쏴아아아.

강물이 떨어지는 폭포 한가운데 한 이십 대 초반으로 보이는 청년이 있었다.

가만히 눈을 감고 있는 좌선하고 있는 모습이 마치 오랜 신선을 방불케 했다. 전신에서 풍기는 고요한 기운이 자연과 한대 어우러져 마치 원래부터 하나였던 것 같다. 그의 머리는 마치 천년암석인 듯 수십 장 위에서 떨어지는 물을 묵묵히 두 줄기로 갈랐다.

하지만 매서운 눈초리를 가진 사람이라면, 그 청년의 머리

위에 살짝 튀어나온 돌부리를 볼 수 있을 것이다. 그리고 실제로 폭포수는 그 돌부리에 의해서 갈라지고 있다는 사실도.

"드르렁, 쿨쿨."

심지어 줄기까지 했다. 멀리서 이 모습을 바라보던 한 중년 여인은 팔짱을 끼더니 큰소리로 말했다.

"무극아!"

그때 무극이라 불린 청년의 두 눈이 번쩍 떠졌다. 청량하고 맑기 그지없는 두 눈은 세상을 모두 담는 것은 물론 그 너머 있는 진리를 바라보는 듯했다.

하지만 그 두 눈이 중년 여인을 향하자, 금세 어린아이의 그것으로 변해 버렸다.

"어머니!"

류무극은 버뜩 자리에서 일어났다. 그러면서 오른손을 등 뒤로 가져가 손날을 빠르게 휘둘렀다. 그러자 그를 대신해서 모든 물길을 받아 두었던 암석의 끝이 파르르 부서졌다. 실로 배은망덕한 행위가 아닐 수 없었다.

중년 여인의 눈이 더욱 좁아졌다.

"이쪽으로 와 보거라. 할 말이 있느니라."

류무극은 다리를 움직였다. 강 위를 달리는 수상비를 얼굴색 하나 변하지 않고 펼쳐 냈다. 그 나이에 비해 놀라운 성취였다.

류무극은 자신의 어머니, 류서하 앞에 서더니 말했다.

"그러고 보니, 아직 오실 시간이 아닌데 어인 일이신지……"

류서하가 말했다.

"좋은 소식이 있어, 네게 전하고자 와 보았다. 그런데 방금 내가 잘못 본 것이 아니라면 분명 폭포수가 네 머리 위에서 절로 갈라지던데… 맞느냐?"

류무극은 방긋 웃으며 말했다.

"새롭게 고안한 수련 방법입니다."

"오호? 새롭게 고안한 수련 방법?"

류무극은 고개를 한번 끄덕여 보였다.

"그렇습니다, 어머니."

류서하는 류무극을 똑같이 따라서 고개를 끄덕였다.

"오호? 어찌 하는 것이냐?"

류무극은 다시금 방긋 웃더니 말했다.

"아시다시피 북경류가의 무공은 많은 부분에서 소실되지 않았습니까? 때문에 소자, 여러 방편으로 연구하여 새로운 기틀의 무공을 한번 만들어 보았습니다."

"오호?"

"요즘 격변하는 시대에 맞춰서 이계의 마법까지도 넣어 완전히 새로운 방도를 고안하였지요. 이로 인해서 북경류가의 무공은 저기 저 낙양본부의 유명한 무공들과 견주어도 손색이 없을 만큼 발전하게 되었습니다."

"음."

"어머니, 이제 이걸 완성만 한다면, 하북팽가를 무너트리고 우리 북경류가가 북방의 주인이 될 수 있습니다."

류서하는 고개를 여러 차례 끄덕이며 말했다.

"그렇구나. 그런데 그것과 돌부리 아래에서 폭포수를 피하는 것과는 무슨 상관이 있느냐?"

"……."

"도대체 어떤 신공이길래, 그런 특이한 수련 방법이 있는지, 어디 어미에게 한번 말해 보거라. 게다가 코도 골던데, 그것은 또 어떤 신비한 일주천이기에, 그런 것인지 경락들도 읊어 보고."

류무극은 다시금 미소를 지었다.

"어머니, 그건 다 소자에게……."

그때 저 멀리서 한 중년 남성이 걸어왔다. 류무극은 그의 모습을 확인하곤 재빠르게 말을 틀었다.

"천후 아저씨! 와! 너무 오랜만이에요!"

류서하가 고개를 돌려 패천후를 바라보자, 중년 남성은 두 모자를 향해서 손을 흔들어 보였다.

"잘 지냈느냐! 무극아?"

류서하는 고개를 휙 돌려 류무극에게 고개를 내밀고는 차가운 음성으로 읊조렸다.

"이에 관한 이야기는 다음에 더 하자구나."

류무극은 못 들은 척, 패천후에게 달려갔다. 그리곤 그의 손을 맞잡고는 말했다.

"이렇게 좋은 날, 천후 아저씨를 뵈오니 너무 기분이 좋습니다."

패천후는 손을 들어 류무극의 머리를 쓰다듬으며 말했다.

"네가 용의 자리를 두고, 하북팽가의 소가주와 비무를 한다 하는데, 내가 친히 오지 않을 수가 없지."

그 말에 류무극의 얼굴이 멍해졌다.

"예?"

그런데 그때 어느새 류무극의 등 뒤까지 걸어온 류서하가 류무극의 어깨에 손을 올렸다.

"이 어미가 요새 자주 자리를 비우지 않았더냐? 그게 다 우리 북경류가가 새롭게 태어났다는 것을 천하에 알리기 위한 일이었다. 그리고 그 시작으로 네가 하북팽가의 소가주와 싸워 줘야겠다."

그 말에 류무극의 표정이 더욱더 모호하게 변했다.

"설마 그게 좋은 소식입니까, 어머니?"

류서하는 한 팔을 들어서 류무극의 어깨에 올려놓았다.

"무극아, 드디어 우리 북경류가가 세상의 인정을 받을 수 있는 기회가 찾아온 것이다. 본래라면 이번 비무는 애초에 성사될 수도 없는 것이야. 비록 과거에는 찬란했지만, 지금은 몰락한 북경류가의 소가주가 어찌 북부의 강자인 하북팽가의 소가주와 비무를 할 수 있겠느냐?"

"그러니까요. 그런데 어떻게 가능하게 된 것이죠?"

류서하는 뿌듯하다는 듯 말했다.

"본래 하북팽가는 북경류가에 큰 빚이 있다. 이 어미가 그 원한을 완전히 잊겠다는 약속과 함께 얻어 낸 기회이지. 그러니 넌 절대로 이번 기회를 허투루 낭비해선 안 된다."

"……."

"알겠느냐?"

그 말에 류무극은 쓴웃음을 지었다.

"그, 그게 어머니… 흐음 제가 잘할 수 있을까요?"

"걱정 말거라. 내 슬쩍 그쪽의 소가주를 보았는데, 네 발밑에도 미치지 못할 것이다."

"하지만 어머니, 어머니께서 항상 제게 말씀하셨잖습니까? 저 정도 되는 실력을 가진 무림인들은 세상에 널리고 널렸다고. 그런데 북방의 강자인 하북팽가의 소가주를 제가 이길 수 있다고요?"

"물론이지. 북경류가의 무공은 중원제일이다. 너는 분명히 이길 수 있어."

너무나 확신에 찬 어머니의 모습에 류무극은 더 이상 말하지 못했다.

이 둘을 번갈아 보던 패천후가 끼어들었다.

"자자, 일단은 집에 돌아가도록 합시다. 아직 한 시진 정도는 여유가 있습니다."

류무극이 놀란 표정으로 물었다.

"한 시진이요? 오늘 바로 떠나나요?"

"그럼! 부지런히 가면 삼 일 안에 도착할 것이다."

류무극은 잠시 눈초리를 모았다가, 나지막하게 말했다.

"그럼 잠시 소자는 고을에 내려가서 인사를 하고 오겠습니다. 한 시진 안에는 꼭 돌아오도록 하겠습니다."

류서하는 고개를 갸웃하며 물었다.

"인사? 누구에게?"

류무극은 더 말하지 않고 포권을 취하더니, 이내 경공까지 펼쳐가며 산을 내려갔다.

그 모습을 바라보던 패천후가 나지막하게 말했다.

"보면 볼수록 정말 엄청난 내공이로군요, 류 부인. 저 나이에 믿을 수 없을 만큼."

류서하도 그 뒷모습을 바라보며 말했다.

"그이가 정확히 어떻게 했는지는 모르지만, 적어도 1갑자의 내력은 있을 거예요. 자질 또한 남달라서 북경류가의 무공을 모두 십이성 대성한 건 물론이고, 스스로 창안하는 지경까지 이르렀죠."

패천후는 고개를 돌려 류서하를 보았다. 그녀의 시선은 류무극에게서 떨어질 줄 몰랐다.

그가 물었다.

"그래서입니까? 그를 강호에 출도시키려는 게?"

류서하는 한숨을 쉬었다.

"더 이상 가둬 뒀다가는 아마 스스로 뛰쳐나갈 거예요. 경험을 쌓고 와야 류가의 가주로써 든든히 설 수 있겠지요."

패천후가 조심스럽게 물었다.

"그러다가 아버지에게 갈 수도 있지 않습니까?"

류서하는 고개를 저었다.

"그럴 일은 없어요. 무극이는 류가의 사람이에요. 그이에게도 분명하게 말해 두었고, 북경류가가 거대 가문이 되고 또 가문의 가주가 되면 어차피 만날 사람이니, 미리 만나 두는 것도 나쁘진 않겠지요."

"……."

"아무쪼록 잘 부탁드려요, 패 단주."

패천후는 고개를 끄덕였다.

그들은 류서하의 집으로 가서 그간 나누지 못했던 이야기들을 나누었다. 류서하는 중원의 정세가 궁금했고, 패천후는 류무극의 성장이 궁금했다. 서로 궁금한 부분들에 대해 답변해 주며 대화하니, 한 시진은 금세 흘러갔다.

덜컹.

문이 열리고, 류무극이 집안으로 들어왔다.

"얼른 가시죠."

류무극의 표정은 다소 다급해 보였다.

마치 당장이라도 떠나지 않으면 안 될 사람인 것처럼.

류서하는 고개를 갸웃했다.

"너? 무슨 일이냐? 갑자기 왜… 아닛?"

그녀는 자리에서 벌떡 일어났다. 그리고 아들에게 가까이 다가갔다. 류무극은 몸을 살짝 뒤로 뺐지만, 류서하는 아랑곳하지 않고 손을 뻗어 그의 옷깃을 틀어쥐고 그의 옷을 자세히 살펴보았다.

"어, 어머니?"

류서하의 두 눈이 게슴츠레 변했다.

"설마, 그새 여자를 만난 게냐?"

류무극은 난처한 표정을 지었다.

"아, 아닙니다."

"아니면? 네 옷깃에 묻어 있는 이 분은 뭐냐? 게다가 네 목덜미에는 연지 자국까지 있지 않느냐? 혹시 그때 내가 보았던 그, 서하인가 사하인가 하는 애냐?"

류무극은 짐짓 모르는 척을 하더니, 빠르게 말했다.

"서, 설마요. 잘못 보셨겠지요. 아무튼 중요한 건 그게 아닙니다. 지금 바로 가야합니다."

"뭐?"

류무극은 슬쩍 고개를 내밀곤 패천후를 바라보며 말했다.

"천후 아저씨! 길을 부지런히 가야 한다고 했지요? 얼른 갑시다! 예?"

패천후는 고개를 높이 들곤 크게 웃었다.

"크하하! 크하하! 똑같구나, 똑같아!"

"아, 아저씨?"

패천후는 자리에서 일어났다.

그리곤 가까이 다가오며 말했다.

"보아하니 꽤나 많은 아가씨들을 울렸나 보구나. 난 중의 난은 여난이라고… 나 또한 이를 잘 알지. 여난은 무조건 피하는 게 상책이다."

"……."

"류 부인, 그럼 바로 출발하도록 하겠습니다. 비무가 끝나면 바로 돌아올 테니 너무 큰 걱정하지 마십시오."

류서하는 한숨을 쉬더니 말했다.

"하아, 그래요. 부탁드릴게요, 무극아."

류무극은 활짝 웃었다.

"예, 어머니."

류서하는 차가운 눈빛을 하곤 말했다.

"행여나 아랫도리를 잘못 놀리면, 이 어미가 친히 잘라 줄 테니 그렇게 알아라. 알겠느냐?"

류무극은 순간 딸꾹하더니, 얼른 마른침을 삼키곤 말했다.

"물론입니다, 어머니. 심려 놓으십시오."

"자, 그럼 이만 가 보겠습니다."

그때 때마침 패천후가 얼른 방문을 열고 나가 버렸다. 덕분에 류무극은 빠르게 인사를 하곤 그를 따라서 밖으로 나가 버렸다.

류서하가 덩달아 집밖으로 나가 그들을 보자, 이미 경공을 펼쳐 저 멀리 사라져 버렸다.

그녀가 나지막하게 말했다.

"아휴, 참. 누구 아들 아니랄까 봐."

그녀는 이내 다시금 집 안으로 들어가려했다.

그때 한쪽에 있는 큰 나무에서 작은 인기척이 느껴졌다.

그녀는 곧 살기를 담은 목소리로 말했다.

"누구냐! 누가 감히 북경류가에 허락도 없이 들어왔느냐?"

이에 인기척이 순간 사라지더니, 곧 한 젊은 처자가 그쪽에 서부터 나타났다.

"호, 혹시 무… 무극이의 어머님… 되시나요?"

그 여인은 중원 어느 대도시에 내놓아도 꿀리지 않을 만큼 아름다웠다.

류서하가 말했다.

"맞다. 한데?"

그 여인의 표정이 즉각 공손하게 변하더니, 이내 또박또박 말했다.

"가, 갑작스럽게 죄송하지만, 무… 무극이에게 말 좀 전해 주세요. 한랑랑이… 언제까지고 기다리겠다고."

"……."

"그, 그럼."

그녀는 그렇게 말한 후 잽싸게 산길로 사라져 버렸다.

그 모습을 바라보던 류서하는 어이가 없다는 듯 말했다.

"참 나! 그새 바뀌었어?"

             *   *   *

북경은 중원 북부에서 가장 큰 도시로, 내륙과 해안을 북부와 남부를 잇는 교차점이다.

삼 일 동안 고풍스러운 사두마차를 타고 북경에 입성한 류무극은 끝없이 펼쳐지는 도시 전경에서 눈을 뗄 수 없었다. 그래서 창가에 고개가 떨어지도록 내민 류무극이 나지막하게 중얼거렸다.

"흐음, 그러고 보니 이름이 진경이었어. 맞아. 드디어 생각나는 군."

"진경이? 너 북경에도 여자가 있냐?"

류무극은 맞은 편에 앉은 패천후를 흘겨보았다. 패천후는 기가 막히다는 듯 표정을 짓고 있었다.

"한 이 년 전인가? 저희 고을에선 찾아볼 수 없는 고급 가마 하나가 떡 하니 촌장 집에 있는 거예요. 그래서 안에 들어가 보니까, 웬 부잣집 아가씨 한 명이 있었죠. 그래서 친해졌었거든요."

패천후는 피식 웃었다.

"촌장 집? 너 전에는 촌장 집 딸내미하고도 연애했었다면서?"

"네, 그래서 그 집에 들어갈 수 있었던 거죠."

"아……"

"아무튼 그때 꽤 짧지만 좋은 추억을 함께 남겼죠."

패천후는 혀를 내둘렀다.

"아니, 네 여자 친구 집에서 다른 여자랑 그렇고 그런 짓을 했다고?"

류무극은 단호하게 고개를 저었다.

"당시에는 랑랑이랑 사귀고 있지 않았어요."

"집에 들어갔다며?"

"그때는 사귀고 있었죠."

패천후는 입을 살짝 벌리고는 양옆으로 고개를 번갈아 보았다. 그의 옆에는 각각 농염한 미모를 가진 중년 여성이 있었는데, 그녀들도 패천후와 같은 표정을 짓고 있었다.

패천후가 말했다.

"그게 무슨 소리야?"

류무극이 대답했다.

"그 집에 들어갈 때는 사귀고 있었지요. 하지만 들어가서 진경이를 만나는 순간에는 사귀고 있지 않았지요. 그리고 부득이하게 진경이가 고을을 떠난 순간, 상심에 빠져 있던 저는 더 이상 견디지 못하고 다시 랑랑이랑 사귀었습니다."

"……"

"……"

"……"

셋은 거의 쓰레기를 바라보는 시선으로 류무극을 보았다.

류무극은 억울한 듯 말했다.

"전 떳떳합니다. 누굴 속인 일 없습니다. 이는 랑랑이도 다 아는 사실입니다."

"그래서 더 쓰레기다, 이놈아."

패천후가 그렇게 말하자, 류무극은 불만 어린 표정을 지었다.

"천후 아저씨도 처를 셋이나 두었잖습니까? 그런데 저한테 쓰레기라니요?"

"……"

딱히 할 말이 없었던 패천후는 가만히 침묵을 지켰다.

이에 류무극이 패천후의 양옆에 있던 중년 여인들을 번갈 아 보며 말했다.

"그런데, 정말로 궁금하긴 합니다. 세 부인들께서는 어떻게 이렇게 잘 지내시는 겁니까? 한 남자를 두고."

이에 중년 여인들은 서로를 바라보고는 까르르 웃었다. 웃 는 모습만큼은 모령의 여인들과 다를바 없었다.

한참을 웃은 그녀들 중 패천후의 오른쪽에 있는 여인이 말 했다.

"뭔가 잘못 생각하는 거 같아. 우리는 딱히 상단주를 두고 경쟁하거나 하지 않아. 상단주가 아니어도, 우리는 같이 있을 테니까."

왼쪽에 있는 여인이 맞장구쳤다.

"그치, 그치. 원래부터 우리 셋이 친했거든. 다들 성향이 비 슷비슷하고 잘 맞다 보니, 글쎄 남자 보는 눈도 똑같은 거 아 니겠어? 그렇다고 또 남자 때문에 서로 배신하고 그런 성정이 못되거든. 다들 의리가 좋아서."

"맞아. 그렇게 지내다가 어느 날 상단주가 나타난 거야. 한눈에 보고 아, 우리 셋다 다 좋아하겠다 싶었지? 그리고 알고 보니까 엄청 부자더라고. 그래서 뭐, 그냥 다 같이 한 번에 꼬셨어."

"우리가 나름 기녀 중에서도 최고의 기녀들이거든. 방종술은 말할 것도 없지. 그런데 우리 셋이 전부 달려드니 뭐 배기겠어? 우리 만나기 전까지는 이 여자 저 여자 다 만나고 다녔겠지만, 한번 우리 치맛자락에 들어오니 이젠 헤어 나올 수가 없는 거야."

패천후의 얼굴은 홍당무처럼 시뻘게졌다. 류무극은 지금까지 단 한 번도 그런 모습을 본 적이 없었기 때문에, 중년 여인들의 말이 사실이라는 것을 알 수 있었다.

그가 손을 절레절레 흔들며 류무극에게 말했다.

"이런 거다. 나 없어도 셋이 붙어서 살 만한 사이니까. 어떻게 보면 내가 기둥서방인 거지."

그 말에 왼쪽에 있는 중년 여인이 패천후의 볼을 꼬집으며 말했다.

"그래도 상단주 정력이 안 받쳐 줬으면, 우린 진작 떠났어요. 알죠?"

"맞아. 맞아. 그러니까, 몸 관리 더 잘해요. 요즘에 영 별로더만. 우리가 작정하고 꼬시면 젊고 싱싱한 남자들이 줄은 선다고요? 응? 위기감 좀 가져요."

그들을 바라보는 류무극의 눈빛이 오묘하게 변했다. 마치 크나큰 깨달음이라도 얻은 듯했다.

마차는 북경 안으로 들어와서도 한참을 갔다. 곧 어느 순간 부터 속도가 줄더니, 곧 멈춰섰다.

문이 열리고, 지금껏 마차를 이끌던 다른 중년 여인이 공손 한 자세로 말했다.

"도착했어요. 내리세요. 류 공자도."

패천후과 두 중년 여인 그리고 류무극이 차례대로 내렸다.

그곳은 수십 명이 연무를 해도 괜찮을 만큼 넓은 마당이었 다. 그 넓은 곳의 바닥은 평평한 돌로 모두 닦여 있었고, 가장 자리에는 각종 날 선 무기들이 즐비하게 준비되어 있었다.

류무극의 눈동자가 휘둥그레지는데, 패천후가 나지막하게 말했다.

"넌 북경류가의 가주다. 처신을 잘해."

그 말에 류무극은 금세 들뜬 마음을 차갑게 가라앉혔다. 그러자 그의 표정에 여유로움이 나타났고 두 눈은 청명하게 빛을 냈다.

한쪽에 대문이 열리고, 대여섯 명의 무인들이 천천히 걸어 왔다.

그들 중 가장 앞에 선 자가 포권을 취하더니 말했다.

"먼 길 오시느라 수고하셨습니다, 패 단주님."

패천후도 똑같이 포권을 취했다.

"오랜만에 뵙소, 소가주."

그 말에 류무극은 그가 자신의 대전 상대임을 알 수 있었다.

하북팽가의 소가주는 눈길을 돌려 류무극을 보았다. 그 눈길이 서서히 거만하게 변하기 시작했다. 류무극은 일절 반응하지 않으며 여유로운 미소를 그대로 유지한 채로 포권을 취했다.

"류무극입니다."

담담한 어투에 하북팽가의 소가주의 눈길이 살짝 변했다.

북방의 패자인 하북팽가. 그것도 소가주라면 누구라도 주눅이 들기 마련이다. 하지만 류무극에게선 그런 기색이 전혀 느껴지지 않았다.

그가 말했다.

"소문으로만 듣던 북경류가의 가주로군. 난 팽산우이오."

류무극이 포권을 내리며 말했다.

"혹 제 비무 상대가 되십니까?"

팽산우의 한쪽 입꼬리가 올라갔다.

"그렇기는 하오."

그렇기는 하다?

팽산우는 더 말하지 않고 몸을 돌려 패천후에게 말했다.

"아버님께서 패 단주님을 기다리고 계셨습니다. 안으로 드시지요."

그는 곧 다시 왔던 길로 걸어가기 시작했다.

패천후는 나지막하게 중얼거렸다.

"심상치 않구나. 일단 내 뒤를 따라 오거라."

류무극은 군말하지 않고 패천후의 뒤를 따랐다.

그렇게 그들은 팽산우가 방금 통과했던 대문 같은 문들을 다섯 번이나 지났다. 그 사이사이마다 웅장하기 짝이 없는 수련장이나 맑고 투명한 연못, 그리고 하늘에 닿을 듯한 건물들이 나왔다.

매번 팽산우는 은근히 류무극의 반응을 살폈는데, 류무극은 시종일관 옅은 미소를 머금고 그를 쳐다보았다. 헤벌쭉하는 표정을 기대했던 팽산우의 얼굴은 보기 좋게 구겨졌다.

그들은 하북팽가의 모든 건물 중에서 가장 층수가 높은 건물에 도착했다. 그 안은 마치 거대한 대전을 방불케 했는데, 이는 실제로 하북성의 태수전보다도 더 컸다.

하북팽가의 가주, 팽지찬은 중앙에 뒷짐을 지고 서 있었다. 안쪽에 큰 의자가 있었음에도, 거기 앉아 있지 않고 홀로 그 중심에 도도하게 손님을 맞았다.

그가 포권을 취했다.

"꽤 오랜만이오, 상단주. 몇 년만이지 모르겠군."

패천후가 적당히 앞까지 걸어와 포권을 취했다.

"거의 2년 만이지요. 계속해서 천포상단을 이용해 주시니 이리 찾아오지 않을 수 없더군요."

그 말에 팽지찬은 코웃음을 치더니, 뒤쪽으로 손짓했다. 그러자, 팽산우가 얼른 그의 뒤쪽으로 걸어왔다.

팽지찬이 뒷짐을 풀곤 수염을 매만지며 말했다.

"솔직히 난 패 단주가 북경류가와 무슨 깊은 인연이 있는지 모르겠소. 우리와 불편한 관계를 감수하면서까지 도와주는 연유가 무엇이오?"

패천후는 허리를 젖히고 웃었다.

"크하하. 도와준다? 제가 도와준다니요? 이상한 말씀을 하시는 군요. 전 그저 두 가문 사이를 중재할 따름입니다. 두 분 다 백도에서 빠질 수 없는 유명세가 아닙니까?"

"오호? 그렇소? 이름 없는 한적한 고을에 초가집 하나 세워 두고, 북경류가라 푯말 하나 세워 두면 그게 유명 세가가 된다는 말이오?"

패천후의 얼굴에서 웃음기가 일순간 증발했다.

그가 얼굴을 굳히며 말했다.

"기와집입니다. 안 그러냐, 무극아?"

이에 류무극이 당당한 어투로 대답했다.

"그렇습니다. 그날 기왓장을 수백 개나 나르느라 허리가 다 빠지는 줄 알았지요."

그 말에 패천후의 옆에 서있던 세 중년 여인이 까르르 웃음을 터트렸다.

팽지찬은 심드렁한 표정을 지으며 말했다.

"이렇게 하지, 패 단주. 하북팽가에서 금 100근과 북경류가 주변 고을 열 개를 모두 북경류가의 세력권 아래로 둘 수 있도록 해 주겠네. 그 정도면 한 가문을 세우는 데 충분하지 않나?"

패천후는 어깨를 들썩이더니 한쪽 손으로 류무극을 가리키며 말했다.

"왜 제게 말씀하십니까? 북경류가의 대표는 바로 여기 계신 류무극 가주이십니다."

"……."

"말씀드렸다시피 전 그저 중재할 따름입니다."

팽지찬은 불쾌한 듯 얼굴을 한번 찡그리더니 다시 류무극을 보았다. 그리고 입을 벌렸는데, 류무극이 먼저 말을 꺼냈다.

"혹시 이 년 전에 북경류가가 있는 고을에 한번 찾아오지 않으셨는지요?"

"뭐?"

"듣자 하니, 북경류가에 직접 찾아와 보신 것 아닙니까? 기와집으로 바꾼 건 일 년 전인데, 초가집이라 하시는 걸 보니 그보다 전에 오셨던 거 같아서 말입니다. 그래서 기억을 더듬어 보니, 가주님의 얼굴이 어렴풋이 기억났습니다. 왜, 이 년 전에 촌장 댁에 한번 찾아오셨지요?"

"……"

"아닙니까?"

팽지찬이 머뭇거리며 말을 하지 못하자, 패천후가 입꼬리를 귀에 걸치며 말했다.

"오호? 그래도 신경이 쓰이긴 했나봅니다? 직접 찾아오다니요?"

그 말에 팽지찬은 팔짱을 끼면서 퉁명스럽게 말했다.

"내 딸래미와 여행을 하는 도중, 넌지시 이야기를 들어서 한번 가 본 것뿐이네. 절대 북경류가를 감시하거나 하려는 생각은 추호도 없었어."

그 말에 패천후의 미소가 더욱 진해졌다.

그는 앞으로 한발 나서며 뭐라고 말하려다가 문득 번쩍이는 생각에 고개를 홱 돌려 류무극을 보았다.

류무극도 패천후를 바라보고 있었다.

"너, 설마?"

"……"

류무극은 어깨를 들썩였다.

패천후가 다시 고개를 돌려 팽지찬을 보았다.

"혹 따님의 이름이 어떻게 되시는 지요?"

"내 딸아이? 진경이라고 하네만. 왜 그러는가?"

"……."

패천후는 꿀먹은 벙어리처럼 아무런 말도 하지 못했다.

이를 기이하게 여긴 팽지찬이 고개를 갸웃하는데, 류무극
이 말했다.

"무릇 사내란 스스로의 힘으로 일어서야 하지 않겠습니까,
가주님! 저는 제 힘으로 북경류가를 세울 것입니다. 때문에
말씀하신 것은 마음만 받겠습니다."

"……."

"저는 이곳에 돈과 세력을 얻기 위해 온 것이 아니라, 정정
당당한 비무를 통해 무림에 출사표를 던지기 위해서 온 것입
니다. 이를 통해서 북경류가의 이름을 널리 알릴 것입니다. 가
주님."

"……."

"그러니, 제 어머니에게 약조하신 것을 지켜 주시길 바랍니
다."

류무극은 포권을 다시금 취하며 그 아래로 고개를 숙였다.

팽지찬은 그 모습을 물끄러미 바라보다가, 이내 고개를 돌

려 자신의 아들을 보았다. 여기서 더 물러선다면 자신의 아들의 체면이 상하는 일이기 때문이었다.

팽산우도 이를 아는 지, 입술을 다부지게 깨물고는 고개를 끄덕여보였다.

팽지친온 다시금 류무극에게 고개를 돌리곤 말했다.

"류 가주의 뜻이 그러하다면, 어쩔 수 없지. 하지만 비무의 결과와 상관없이, 하북팽가는 더 이상 어떠한 빚도 없음을 잊지 마시오."

류무극은 미소 지으며 손을 내렸다.

"물론입니다."

*   *   *

다음 날 아침.

하북팽가의 사랑방에서 늘어져라 잠을 자던 패천후는 따가운 햇살을 이기지 못하고 눈을 떴다. 한데 같은 방에서 자고 있어야 할 류무극의 침상이 비어 있는 것이 눈에 들어오자, 그 자리에서 벌떡 일어났다.

"설마, 도망? 아니겠지."

그는 흐트러진 옷매무새를 바로 하고 빠르게 사랑방을 나섰다. 그런데 그렇게 멀지 않은 곳에서 낮은 음의 기합소리를 듣고는 깊은 숨을 내쉬며 안심했다.

"그러면 그렇지."

그가 그쪽으로 가 보니, 류무극이 북경류가의 외공을 펼치며 몸을 풀고 있었다. 움직임 하나하나에 강한 기운이 서려 있는 것이 가히 일갑자의 내력을 지닌 고수다웠다.

그런데 그의 앞에 웬 아리따운 십 대 후반의 소녀 한 명이 쭈그리고 앉아 있었다. 그녀는 양손으로 턱을 받치고, 몽롱하기 그지없는 눈길로 류무극을 바라보고 있었다. 사랑스러움과 자랑스러움이 골고루 녹아 있는 눈빛이었다.

"어? 아저씨?"

류무극이 주먹을 뻗다 말고, 패천후의 기척을 느껴 그를 돌아봤다. 소녀 또한 패천후를 보았는데, 표정이 삽시간에 차갑게 돌변하더니, 이내 자리에서 획하니 일어나 짐짓 모르는 척 고개를 돌렸다.

패천후는 소녀를 흘겨보며 말했다.

"저 소저는 누구냐?"

"아, 인사하십시오. 팽진경이라 합니다. 제 여자친구죠."

"뭐? 여자친구?"

패천후가 놀란 목소리로 묻자, 팽진경은 부끄러운 듯 얼굴을 붉히더니 곧 고개를 살짝 까닥였다.

"안녕하세요, 패 단주님. 팽진경이라 해요."

툭 하니 이름만 말한 그녀는 다시금 고개를 돌렸다.

패천후는 빠르게 류무극에게 다가가더니, 그의 어깨를 슬쩍 잡아매고는 귓속에 작게 말했다.

"어떻게 된 거냐?"

류무극이 되물었다.

"어떻게 되다니요?"

"아니, 갑자기 무슨 여자친구야?"

류무극은 머리를 긁적이더니 말했다.

"좀 긴장됐는지, 새벽에 잠이 안 와서 수련하고 있는데 조용히 제게 찾아왔었습니다. 이 년 전의 일을 기억하고 있다고 하면서… 뭐 그래서 이래저래 다시 사귀기로 했습니다."

"……"

"그나저나 곧 비무 시간인데, 차비하시지 않으십니까?"

패천후는 어이가 없다는 듯 팽진경과 류무극을 여러 번 흘겨보더니, 곧 혀를 내둘렀다.

"참 나. 자식아. 가문의 존폐를 결정하는 결투를 앞에 두고……"

류무극은 맑게 웃으며 그의 말을 잘랐다.

"아, 그에 관해선 크게 걱정하지 마십시오. 제 몸에 내제된 내력은 평소 음양의 조화가 완벽하긴 합니다만, 때때로 여분의 양기가 기이하게 생성될 때가 있습니다. 그래서 오히려……."

말하는 걸 보니, 넘어야 하지 말 선을 넘은 것이 분명했다.

행여나 누가 들을까 패천후는 손가락을 들어 류무극의 입을 급히 막았다.

"거기까지만 해라. 더 말하지 마."

패천후는 그에게 눈을 한번 부릅떠 보이곤, 팽진경에게 다가갔다. 팽진경은 그가 다가오자 전혀 부끄럽지 않다는 표정으로 그를 노려보며 말했다.

"왜 그러시죠?"

패천후는 딱딱한 어조로 대답했다.

"류무극이 북경류가의 가주인 것은 아시오, 팽 소저? 두 분의 관계를 행여나 아버님께서 아시게 되면……."

"괜찮아요. 오히려 제가 북경류가의 안주인이 되면 두 가문 사이의 분란을 잘 중재할 수 있겠지요. 설마 패 단주께서는 제가 단순한 감정 하나만으로 남자를 선택했으리라 생각하시나요?"

"……."

"공자님 말씀 들으세요. 곧 비무가 시작할 텐데, 방금 일어난 그 꼴로 참관하시려는 건 아니지요?"

패천후는 당돌한 소녀의 말에 제대로 된 대꾸 한마디 할 수 없었다. 소녀가 아닌 여장부다.

"이, 일단은 씻긴 해야겠지. 후. 일이 어찌되려는지."

패천후는 다시금 사랑방 안으로 들어가서 몸을 씻고 나왔다. 그러자 시비가 그를 하북팽가의 연무장으로 안내했다.

그곳에는 대리석을 만든 결투장과 북부의 백도문파에서 초대한 참관인들, 하북팽가 가주 팽지찬, 소가주 팽산우 그리고 류무극까지, 이미 모든 준비가 갖춰져 있었다.

"자, 마지막으로 천포상단의 패천후 단주까지 오셨으니, 이제 오랫동안 지체되었던 비무를 시작하도록 하지!"

팽지찬은 양손을 높게 뻗으면서 노골적으로 패천후에게 면박을 주었다. 패천후는 머쓱한 표정을 짓고는 마련된 자리에 앉았다.

결투장 위에는 류무극과 팽선우가 투지 어린 눈빛으로 서로를 바라보고 있었다.

팽지천은 다시금 큰소리로 외쳤다.

"이 비무에서 승리한 자에겐 용의 권리를 허락하여, 향후 보름 뒤에 낙양본부에서 열릴 용봉지회에 참석할 자격을 얻을 것이다. 상대를 결투장 밖으로 밀어내거나, 세 번 이상 무장을 해제시킨다면, 승리한 것으로 간주하겠다. 또한 이번 비무는 오로지 무공으로 하며, 다른 어떠한 이계의 마법이나 술법은 모조리 반칙으로 간주할 것이다."

그가 자리에 앉자, 심판으로 보이는 한 노인이 양손을 들며 말했다.

"하북팽가의 팽선우, 팽북경류가의 류무극. 두 분 다 준비가 되었습니까?"

둘은 심판을 향해서 고개를 한 번씩 끄덕여 보였다.

이에 심판이 양손을 아래로 휙 내저었다.

"결투 시작!"

노인의 말이 끝나기 무섭게 팽선우가 류무극에게 달려들었다. 그는 하북팽가가 자랑하는 거친 도법을 먼저 선보이며, 처음부터 극한의 실력을 뿜어냈다.

애초에 류무극은 안중에도 없었다. 그저 하북 이곳저곳에서 초청을 받고 온 참관인들 앞에서, 미래의 하북팽가 또한 지금처럼 굳건할 것이라는 것을 증명하는 것이 그의 목적이었다.

그가 앞으로 빼든 패도에 분명한 노란빛이 서렸다.

"저, 저건? 강기?"

"저, 저 나이에! 강기라니!"

참관인들의 놀란 목소리를 들으며 팽선우의 기세가 더더욱 살벌해졌다.

강기를 머금은 공격이라면 비무와 생사혈전의 차이가 없어졌다고 봐도 과언이 아니다. 이에 패천후는 즉각 항의했다.

"팽 가주!"

팽지찬은 날카로운 눈빛으로 패천후를 노려보았다.

"소가주가 손속에 사정을 두어 죽이진 않을 것이오."

"하!"

패천후는 황당하다는 듯 짧게 소리를 내고는 다시 자리에 앉았다.

그 모습에 팽지찬의 눈빛에 의아함이 서렸다.

만약 류무극이 크게 다칠 것을 염려한 것이라면 결코 그 한마디를 하고 바로 앉지 않았을 것이다. 그저 이럴 줄은 몰랐다는 정도의 느낌.

그때였다.

쾅―!

"크아악!"

거대한 굉음과 함께 자욱한 먼지가 결투장을 가득 메웠다. 그리고 그 먼지구름 안에서 한 인형이 그대로 쭉 날아가, 결투장 밖 바닥에 아무렇게나 처박혔다. 몇 번이고 구른 그 인형은 사지를 파르르 떨면서 도움을 요청했다.

"아, 아버지… 아버지."

팽지찬은 자리에서 벌떡 일어났다. 그리곤 눈으로 쫓을 수 없을 만큼, 빠른 경공을 펼쳐서 자신의 아들에게 다가갔다.

"……"

마치 밟힌 지렁이마냥 꿈틀거리는 팽선우를 바라보던 팽지찬은 그의 앞에 우두커니 섰다. 그리고 그를 도울 생각을 하지 않고, 가만히 그를 내려다보았다. 넓은 그의 등은 요지부동이었다.

사태를 빠르게 파악한 패천후는 즉시 경공을 펼쳐서 결투장 위로 올라갔다. 류무극은 멀뚱멀뚱한 눈길로 자신의 손을 내려다보고 있었다.

"무극아, 괜찮느냐?"

류무극은 얼떨떨한 표정으로 패천후를 올려다보았다.

"어머니가 거짓말을 하셨군요."

"응?"

"저 엄청 강하잖아요?"

패천후는 모르겠다는 듯 머리를 긁적였다.

"그래, 설마 이 정도일 줄은 나도 몰랐구나. 아무튼 지금은 일단 자리를 피하자. 하북팽가가 아무리 백도라곤 하지만, 다친 아들 앞에서 이성을 유지할 수 있는 아버지는 거의 없다. 특히 불같은 성정을 지닌 팽 가주는……."

그때였다.

살이 쭈뼛쭈뼛해질 정도로 강렬한 살기가 결투장에 쏟아졌다. 단순히 살기뿐 아니라 내력까지 섞여 있어, 자욱했던 먼지 구름이 어느새 저 멀리 물러났다.

"어디를 가시려고 그러시오, 류 가주. 내 아들을 이리 만들어 놓고."

팽지찬은 천천히 고개를 돌렸다.

그는 흡사 마공이라도 익힌 듯, 보는 이로 하여금 오금이 저리게 만드는 눈빛을 하고 있었다.

참관인은 모두 팽지찬이 하려는 행동이 잘못됐다는 것을 알고 있었다. 하지만 그 누구도 입도 뻥끗할 수 없었다. 북부에서 하북팽가는 가장 강력한 문파였고, 참관인들 중 그 누구도 팽지찬의 분노를 받아낼 만큼 무공과 담력이 강하지 않았다.

패천후는 이를 악물었다. 그리곤 결심한 듯 말했다.

"팽 가주, 지금 생각 잘하셔야 하오. 여기서 혹시나 무극이에게 변고가 생긴다면 하북팽가 전체가 멸문할 수도 있소. 왜냐하면 류무극의 아버지는 사실……."

그때였다.

결투장 한쪽에서 높은 음정의 목소리가 울린 것은.

"아버지!"

팽진경은 마치 전쟁에 나서는 여장부처럼 서 있었다. 그녀는 어느 호걸에도 못지 않는 당당한 걸음으로 천천히 걸어왔다. 이 세상 그 누구도 막을 수 없을 것 같았던 팽지찬의 분노는 자신의 금지옥엽을 바라보는 것만으로 서서히 누그러지기 시작했다.

그녀는 결투장으로 올라왔다. 그리곤 류무극과 패천후 앞에 서서 보호하듯 대자로 팔을 뻗더니, 자신의 아버지를 향해서 말했다.

"같은 백도문파 사이의 비무에서 첫 수에 강기를 담은 공격을 하다니요? 아무리 용의 권한이 양보할 수 없는 것이라고 할지라도 서로의 생명을 위협할 수 있는 초식은 자제해야 함이 옳아요. 또한 강기는 강기로밖에 방어할 수 없으니, 류 가주께서 거친 수를 써서 스스로를 방어했다 해도 그를 비난할 수는 없어요."

"......"

팽지찬의 표정이 차갑게 굳었다. 하지만 살기 자체는 거의 사라졌다.

팽진경이 다시 말했다.

"오라버니께서는 정정당당한 비무에서 패배하셨어요. 하북팽가의 가주이신 아버지께서 이를 인정하지 못하고 경거망동한다면, 북부 일대 백도문파에서 오신 참관인들 앞에서 우리 하북팽가가 도리를 전혀 모르는 문파라고 이야기하는 꼴밖에 되지 않아요."

"......"

팽진경의 말은 틀린 것이 없었다.

이성을 되찾은 팽지찬은 자신의 기운을 갈무리했다. 그리곤 앞으로 한발 나오며 사태를 수습하려 입을 벌렸다.

하지만 팽진경의 말은 끝나지 않았다.

"그리고 또한 아버님께서는 뛰어난 무공을 지닌 귀한 사위를 잃게 되는 것이니 소녀는 이를 두고 볼 수 없어요."

그 말에 팽지찬의 입이 다시금 다물어졌다.

참관인들 또한 고개를 갸웃하며 팽진경을 보았다.

심지어 고통에 신음하던 팽선우 조차 눈살을 찌푸리며 자신의 여동생을 보았다.

갑작스레 찾아온 침묵 속에서 팽지찬이 물었다.

"뭐라고? 사위?"

팽진경은 크게 고개를 끄덕이며 말했다.

"네! 사위요! 여기 계신 류 공자께서는 오늘 새벽 저와 평생을 함께하기로 맹세하셨거든요."

"……"

모두의 시선이 류무극으로 향했다.

패천후는 입모양만 움직여 말했다.

'미쳤냐? 약혼을 했다고?'

류무극은 태연하기 그지없는 표정으로 참관인들을 쭉 넓게 둘러보았다.

그리곤 당당하게 허리를 편 상태로 팽지찬을 바라보더니 양손을 들어 올려 포권을 취했다.

"북경류가의 류무극이 한 말씀 올리겠습니다. 팽 소저께서 말씀하신 건 모두 사실입니다. 저희 둘은 서로의 조상님 앞에 서 앞으로 한 몸으로 살아가겠다 맹세했습니다. 미처 먼저 말 씀드리지 못한 부분은 송구스럽게 생각합니다."

모두의 턱이 땅에 닿을 듯 떨어졌다.

패천후가 다시금 입술을 움직였다.

'진짜 미쳤냐?'

류무극은 슬쩍 패천후를 보았다.

그의 양쪽 어깨가 패천후만 알 수 있을 정도로 짧게 들썩 였다.

어쩔 수 없었다는 뜻.

숨 막힐 듯한 침묵 속에서 갑자기 팽지찬이 광소를 터트렸 다.

"크하하! 크하하! 하하하! 하하하!"

세상이 떠나갈 듯한 그 광소는 한순간 뚝하니 멈췄다.

팽지찬은 조용히 류무극을 바라보며 말했다.

"사위였구먼! 사위였어! 그러면 이야기가 다르지. 안 그러 냐? 선우야?"

팽선우는 고통 중에 억지로 미소를 지어 보일 수밖에 없었 다.

팽지찬의 표정은 참으로 기쁜 듯 보였다.

                    *   *   *

　팽지찬은 그날로 큰 연회를 열었다. 용봉지회까지 보름밖
에 남지 않아 길을 급히 떠나야 했기 때문에 그날 저녁에만
연회를 연 것이다. 때문에 비무를 위해 먼 길을 온 참관인들
은 얼떨결에 그 연회에 참석하게 되었고, 가까운 거리에 있던
문파의 수장들은 부랴부랴 하북팽가로 모여들었다.

　연회는 야심한 시각, 모두가 술로 인사불성이 되고 나서야
끝이 났다. 모두에게 술잔을 한 번씩 받으면서 거의 한 통을
홀로 비운 류무극은 심후한 내력 덕분에 취기에 빠지지 않을
수 있었다. 그마나 간략한 약혼식이어서 하루 만에 끝난 것이
지, 만약 정식 결혼이었다면 칠 주야를 꼼짝없이 갇혀 있어야
했을 것이다.

　패천후는 모두가 엎어지고 늘어진 연회장에서 사라진 류무
극을 찾아, 하북팽가 이곳저곳을 돌아다녀보았다. 그리고 마
침내 한 연못가에서 홀로 앉아있는 그를 발견할 수 있었다.

　류무극은 입가에 잎사귀를 물고는, 까마득한 밤하늘을 올
려다보고 있었다. 패천후는 그의 옆에 가서 앉았다.

　"난 모르겠다, 무극아."

　"……."

"네 어머니에게 뭐라고 말하면 좋을지 모르겠어. 일이 이렇게 돌아가 버리니 내가 어찌 말해야겠느냐?"

류무극은 손을 들어 잎사귀를 입에서 떼고는 말했다.

"이 방법밖에는 없었습니다."

"뭐?"

패천후가 류무극을 돌아봤다.

류무극의 눈빛은 청명하기 이를 때 없었다.

"어머니께서 하북팽가에게 가진 원한이 얼마나 큰 것인지는 모르겠습니다만, 고작 비무 약속 하나로 씻길 건 아니겠지요."

"……."

"북경류가가 크게 되면, 분명 하북팽가와 마찰이 일어날 것이고, 그러면 분명 많은 사람이 피를 흘리게 될 것입니다. 아닙니까?"

패천후는 입맛을 다시더니 그의 옆에 벌러덩 같이 누었다.

"그렇겠지. 그나마 백도니까, 다들 더럽게 죽진 않겠지만… 죽는 건 매한가지일 거다."

"그래서 어쩔 수 없었습니다. 팽 소저라도 데리고 있어야 불편한 일이 많이 줄어들 테니까요."

패천후는 눈을 게슴츠레 떴다.

"얼씨구? 그걸 믿으라고?"

"……."

"내가 여자를 좀 아는데, 팽 소저처럼 내면이 단단한 여장부들이 오히려 남자에게 휘둘리지 않고 자기 신념을 지킨다. 내가 봤을 땐, 어떻게 한번 불장난해 보려다가 이 지경이 된 거 같은데, 나한테 솔직하게 말해도 된다."

류무극은 고개를 돌려 패천후를 바라보았다.

패천후도 고개를 돌려 류무극을 바라보았다.

류무극은 다시금 고개를 돌려 밤하늘을 올려보았다.

"거대 문파를 이끄는 일은 쉽지 않습니다. 특히 북부 지역을 지배하고 있는 하북팽가 정도의 가주 자리라면, 아마 눈코 뜰 새 없이 바쁠 겁니다."

"그렇겠지, 그런데 왜?"

"그런 위치에 있는 사람이 자기 딸하고 여행을 다닌다고요? 대체 세상에 어떤 백도문파의 수장이 그런 답니까? 흔한 중소문파의 문주도 그렇겐 안합니다."

"……."

"팽 가주님에게 팽 소저는 아마 하북팽가 전체보다도 더 중요할 겁니다. 말 그대로 금지옥엽 그 자체겠지요. 그녀를 얻는다면, 적어도 하북팽가와 피 볼 일은 없을 겁니다."

패천후가 조금 큰소리로 말했다.

"아니, 오히려 역효과가 날 수도 있었지 않느냐? 하나뿐인 금지옥엽이 어디서 굴러먹다 들어온 지도 모르는 사내놈과 하루아침에 약혼을 하겠다고 하다니, 나라면 일단 화부터 날 것 같은데?"

"그 부분은 팽 소저의 말을 통해서 확신이 있었습니다. 그녀의 아버지는 천생 무인. 무공으로 모든 걸 판단하는 분이십니다. 전 비무를 통해 소가주조차 손쉽게 이기는 무위를 선보였으니, 흔쾌히 허락하신 겁니다."

"참 나, 그걸 다 계산했다고?"

류무극은 하품을 한 번 하더니 나지막하게 말을 이었다.

"어머니에겐 제가 잘 말해 두겠습니다. 하북팽가의 여식이라면 결사코 반대하시겠지만, '하북팽가는 그 위세가 너무 강해 정면으로 돌파하기 보다는 그 안에서부터 무너뜨리는 것이 좋습니다' 뭐 이런 식으로 대충 말하면 못내 허락하실 겁니다."

패천후는 질렸다는 듯 말했다.

"정말이지……."

"그 아비에 그 아들이라고요?"

패천후는 더 이상 평정심을 유지할 수 없었다.

"어떻게 그걸?"

류무극은 천천히 눈길을 돌려 패천후를 마주 보며 말했다.

"아까 결투장에서 제 아버지의 이름을 말씀하시려고 하

셨죠?"

"⋯⋯."

"어머니께서 지금까지 절대로 말씀해 주시지 않아, 어떠한 실마리도 없었는데 이제 겨우 하나 생긴 듯합니다. 적어도 제가 죽으면 하북팽가를 멸문시킬 수 있을 정도의 분이겠지요."

패천후는 애써 류무극의 눈길을 회피하곤 한숨을 쉬었다.

"미안하다. 네 어머니와 약조했기 때문에 절대 말해 줄 수는 없다. 아침에는 네 생명이 걸려 있어서 그런 거지… 아마 네 지혜라면 분명 스스로 알아낼 수 있을 거다. 하지만 그렇다고 네 성을 바꾸는 일은 없었으면 한다. 그런 일이 일어나면 네 어머니는 절대로 널 용서하지 않을 거다."

"알고 있어요. 걱정 마세요."

패천후는 머리를 긁적이더니 말했다.

"그런데 이젠 정말 어쩌려고 그러냐? 이대로 하북팽가의 데릴사위라도 될 거냐? 아니면 북경류가를 따로 세울 거냐?"

"일단 그건 용봉지회가 끝난 후에 생각해도 늦지 않습니다."

"⋯⋯."

류무극은 자리에서 슬며시 일어났다.

그리곤 자신을 올려다보는 패천후에게 말했다.

"천후 아저씨는 좀 쉬세요. 전 잠시 가 볼 데가 있습니다."

"응? 어디?"

"가만히 있다 보니, 또다시 양기가 치솟아 올라서 말입니다.
그럼."

패천후는 황당하다는 표정을 지었지만, 류무극은 아무렇지
도 않게 한쪽으로 사라졌다.

"대범함까지 똑같구나."

패천후는 고개를 절레절레 흔들었다.

* * *

다음 날.

류무극과 패천후는 이른 아침부터 하북팽가를 떠났다.

팽지찬은 함께 북경까지 같이 가며 보호해 주겠다고 했지
만, 류무극은 공손히 포권을 취하곤 '사내대장부라면 마땅히
외가의 힘을 빌리지 않고 스스로 서야 하지 않겠습니까? 마음
만 받겠습니다'라는 말로 일언지하에 거절했다.

패천후는 순간 팽지찬이 화를 내지 않을까 걱정했지만, 팽
지찬은 오히려 크게 웃으며 류무극을 칭찬했다.

촌에서만 살았다는 걸 믿을 수 없을 만큼, 사람을 다루는
솜씨가 수준급이었다. 마냥 어린아이인 줄로만 알았는데, 그
런 노강호가 따로 없었다.

팽진경의 눈물을 뒤로하고, 사두마차는 보름을 내리 달려 낙양에 도착했다.

류무극은 오는 길에 여러 대도시를 들리며 눈이 한껏 높아져 있었지만, 낙양에서만큼은 들뜨는 마음을 가다듬을 수 없었다. 언제나 고을 주변에서만 살았던 그에게 있어 낙양은 마치 천계에 온 듯했다.

이윽고, 그들은 낙양본부에 도착했다.

태양혈이 우뚝 솟아 있는 다섯 문지기들은 한눈에 봐도 절정고수처럼 보였는데, 그런 고수가 문지기로 있다는 것 하나만으로도 낙양본부의 위세를 짐작할 수 있었다.

그들 중 하나가 활짝 열린 마차 문 안으로, 패천후를 알아보고는 공손히 말했다.

"천포상단의 패 단주시로군요. 혹 심검마선 장로님을 뵈러 오신 것입니까?"

"보긴 하겠지만, 일단 용무는 류 공자를 용봉지회까지 안내하기 위함이네."

그 고수의 눈빛이 살짝 날카로워졌다.

"용봉지회에요? 류 공자라면?"

패천후는 팔을 들어 맞은편에 앉은 류무극을 가리켰다.

"이분은 북경류가의 가주 류무극이라 하네. 보름 전 하북팽가의 소가주와 비무를 통해서 용의 권리를 얻으셨지. 아마 마조대에 연락해 보면 바로 알 수 있을 것이네. 하북팽가에서도 전서구를 미리 보냈다고 하니까."

그 남자는 류무극을 슬쩍 보았다. 류무극은 옅은 미소로 일관했다.

그 고수가 말했다.

"알겠습니다. 연락이 오는 데로 바로 알려드리겠습니다."

그렇게 한 각 정도가 지나자, 그 문지기는 천천히 문을 닫아주며 말했다.

"실례했습니다. 안으로 들어가십시오. 들어온 보고로는 용봉지회가 이미 어제부로 시작하였다고 하니, 이미 얻지 못한 점수에 대해서 불만을 이야기하실 수 없다는 점 알아 두시길 바랍니다, 그럼."

그 말이 무슨 뜻인지 알 수 없었지만, 안으로 들어가 보면 알리라.

류무극과 패천후는 낙양본부 안으로 들어섰다.

대문을 지나고 나서도 한참을 가던 마차는 이내 한 곳에서 섰다.

문이 열리고 한 여인이 나타났다. 눈가와 입가에 작은 주름들이 있긴 했지만, 젊은 시절의 미모가 그대로 남아 있는 중년 여성이었다.

"상단주, 오랜만이네요."

"오? 오랜만이오, 주 소저. 잘 있었소?"

주 소저라 불린 그녀는 고개를 젓더니 말했다.

"아직도 절 소저라 부르실 건가요?"

"혼인을 올리지 않았잖소, 그럼 소저지 부인이오?"

"그만 놀리세요. 됐습니다. 아무튼, 이분이시가요? 북경류가
의 가주라는 분이?"

그 순간 류무극과 그 여인의 두 눈이 마주쳤다.

그리고 그 여인의 두 눈동자는 마치 지진이라도 난 듯 흔들
거렸다.

류무극은 짐짓 모르는 척 옅은 미소를 짓고는 말했다.

"류무극이라 합니다."

여인은 마른침을 한번 삼키고는 이내 몸을 돌리곤 말했다.

"류 공자께서는 절 따라오시면 됩니다. 그리고 상단주께서
는 피 장로께서 기다리신다고 하더군요."

빠른 걸음으로 멀어지는 그녀를 보며, 류무극은 패천후에
게 빠르게 인사했다.

"그럼 전 이만 가 보겠습니다, 천후 아저씨. 나중에 또 뵈어
요."

패천후는 그의 어깨를 툭 하니 쳐 주며 말했다.

"나중에 내가 알아서 잘 찾아가마. 그리고 부탁이니 용봉지
회에선 아랫도리 간수 잘하고."

류무극은 짙은 미소로 대답을 대신하고는 이내 마차에서 내려 여인을 따라갔다.

여인은 류무극이 잘 따라오는 것을 확인하곤 나지막하게 입을 열었다.

"용봉지회는 총 열흘간 열립니다, 류 공자. 아침 점심 저녁 동안 중원과 이계에서 오신 신진 고수분들이……."

"이계에서도요?"

순간 류무극이 말을 끊자, 여인은 갑자기 우두커니 섰다.

그리곤 몸을 돌려 그를 노려보더니 이내 툭 하니 말했다.

"질문은 제가 하는 말을 다 듣고 해 주셨으면 합니다만."

"아, 죄송합니다."

여인은 류무극을 위아래로 훑어보곤 다시 몸을 돌려 걸어가기 시작했다.

"중원과 이계에서 오신 신진 고수들이 서로 친분을 쌓을 수 있도록 함과 동시에 작은 경쟁 요소를 마련함으로 지루하진 않으실 겁니다."

"……."

류무극이 아무런 말도 하지 않는 것을 확인한 여인은 흡족한 미소를 지으며 말을 이었다.

"경쟁 요소라 함은 바로 용봉들의 새로운 별호를 놓고 경쟁하는 것으로, 가장 많은 금패를 획득하신 분부터 자신이 원하는 별호를 선착순으로 선정할 수 있습니다."

"……"

"용봉 거의 모두들 검을 사용하니, 검룡이나 검봉 같은 별호는 모두가 선호하는 것이지요. 이를 얻고 싶다면, 치열하게 임해야겠지만, 혹시 자기만의 별호를 따로 생각해 둔 것이 있다면 크게 경쟁하실 것 없이 친목 위주로 지내시면 됩니다."

"……"

"혹시 질문이 있으십니까?"

"경쟁하는 종목은 어떻게 됩니까?"

"그것은 누가 주최하느냐에 따라 매번 다릅니다. 지금 낙양 본부에서는 중원과 이계의 지도자 분께서 모두 참석하는 대회의가 열리고 있습니다. 그분들께서 두 세계의 미래를 책임지는 여러분과 소통하고자, 한 번씩 들릴 것입니다."

"아. 그럼 종목은 그분들께서 정하시는 군요?"

"그렇습니다. 앞으로 북경류가를 책임져야 하는 공자님께서는 다른 용봉과의 교류도 중요하지만, 한 번씩 찾아오시는 현재의 지도자분들에게 깊은 인상을 남기는 것도 그만큼 중요할 것입니다."

"그럼 별호에 신경 쓰지 않는다고 해도, 최선을 다해서 임하는 게 좋겠습니다."

"어디까지나 선택이지요. 다 왔습니다."

용봉지회가 열리는 전각은 생각보다 꽤나 컸다.

여인은 류무극을 대리고 그 전각 안으로 들어갔다. 시비에게 물으니, 모두들 전각의 가장 꼭대기에 있다하여, 그곳까지 올라갔다.

사방이 뻥 뚫려, 서늘한 바람이 부는 꼭대기 층에는 꽤 많은 수의 젊은 남자들과 여인들이 모여 있었다. 대여섯씩 무리를 지어 놓은 것을 보면, 이미 각각의 조가 짜여 있는 듯했다.

그중 한쪽에는 백발의 흑색 장삼을 입은 중년 남자가 난간에 걸터앉아 있었다.

류무극의 등장에, 모두들 하던 것을 멈추고 그를 바라보았다.

"주하?"

여인이 흑의 중년 남자에게 말했다.

"오라버니셨군요."

흑의 남자가 부드럽게 미소를 지었다.

"잘 지냈니?"

여인은 차갑게 대꾸했다.

"사적인 이야기는 나중에 하죠. 여기 이분께서는 류무극 공자라고 합니다. 북경류가의 가주시지요. 앞으로 이분께서 용봉지회의 참석할 겁니다."

"무극? 아하, 그 무극."

묘한 어투였지만 류무극은 짐짓 모르는 척 포권을 취했다.

"류무극이라 합니다."

그러자 흑의 남자도 포권을 취했고, 다른 청년 고수들도 모두 포권을 취해 보였다.

*　　　　　*　　　　　*

주하는 몸을 돌려 사라졌다.

흑의 남성은 자신의 수염을 매만지며 말했다.

"나는 주소군이라 합니다. 여러 직책들이 있지만, 그중 가장 중요한건 암령가의 가주라는 것이겠지요."

류무극이 다시 인사했다.

"주 가주님을 뵙습니다."

주소군은 시익 웃더니 말했다.

"듣자하니, 하북팽가의 소가주에게서 용의 권리를 빼앗았다고요?"

"정정당당한 비무니, 빼앗았다는 표현은 맞지 않습니다."

"오호? 그래요?"

주소군을 포함한 모든 인원들의 두 눈에 이체가 서렸다. 기대감이나 호기심도 있었고 불쾌감과 경계심도 더러 섞여 있었다.

주소군은 살짝 웃음을 머금더니, 한쪽으로 손을 뻗었다.

그곳에는 네 명의 여인들이 자리하고 있었다.

"저쪽이 한 자리가 비는군요. 저쪽으로 가서 앉으시면 될 겁니다."

그 말에 남자들의 눈빛이 대번에 차갑게 바뀌었다. 주소군이 가리킨 그 무리에는 봉의 권리를 가진 여고수들 중에서도 유독 아름다운 자들이 모여 있었기 때문이다.

마치 누군가 일부러 자리를 마련해 준 것처럼.

그녀들은 단순히 미모가 앞선 것이 아니라, 중원에서 찾아보기 어려운 색목인의 특징들이 많아 독특한 매력들을 뽐냈다. 한번 눈에 들어오면 쉽사리 눈길을 거둘 수 없는 마성의 매력들을 하나도 아니라 여러 개씩 가지고 있었다.

모든 남자들이 속으로 탐내던 그 자리에, 류무극은 당당한 걸음으로 가서 앉았다.

주소군은 지금까지 해 왔던 이야기를 다시 시작했다. 하지만 꽤나 지루한 이야기인지 용들과 봉들은 듣는 둥 마는 둥 하며 작은 목소리로 수다를 떨었는데, 주소군은 마치 눈치 채지 못한 듯, 계속해서 자기 이야기를 이어 갈 뿐이었다.

"안녕, 류 공자?"

류무극가 옆을 보니, 귀여운 외모의 소녀가 있었다.

짙고 검은 눈동자와 대조적으로, 황금빛이 나는 머릿결은 중원의 그것이 아니었다. 흰 피부도 그렇고 오똑한 코와 큰 두 눈도 그렇고, 혼혈이 분명했다. 하지만 기이하게도 전체적인 분위기는 중원인과 다를 바 없었다.

대뜸 반말했지만, 기분이 나쁘기보단 오히려 친근하게 느껴지는 구석이 있었다.

류무극이 말했다.

"안녕, 근데 이름이?"

설마 똑같이 반말로 대꾸할 줄은 몰랐는지, 그 소녀는 배시시 웃더니 류무극에게 더욱 가까이 다가오며 말했다.

"제갈미, 제갈세가의 장녀야."

류무극은 시익 웃더니 말했다.

"그래? 딱 보니까 넌 별호에 딱히 욕심이 없구나?"

제갈미는 주소군의 눈치를 한 번 보더니 말했다.

"당연하지. 내 별호는 이미 정해져 있거든."

"뭐로?"

"명봉(明鳳)."

"명봉?"

"어감이 좀 구리긴 한데, 뭐 어쩌겠어. 내 선대가 그렇게 썼는걸."

"그래? 그렇다고 너도 그렇게 하란 법은 없잖아?"

"아버지도 꼭 명봉으로 써야 한다고 해서. 웬만한 건 다 자유롭게 두시는데, 가끔 이상한 거에 꽂히면 그건 양보 안 하시거든."

"하하, 그래?"

제갈미는 방긋 웃으며 물었다.

"보아하니, 너도 별 관심 없는 것 같은데?"

류무극은 살짝 고개를 끄덕였다.

"별호고 뭐고, 나도 여기 내가 왜 왔는지 잘 모르겠어."

"그럼 어떻게 하다가 왔는데?"

"어머니 때문에. 북경류가는 몰락한 가문이거든. 가서 잘나는 사람들과 어깨 높이 좀 맞추고 와라 하셔서 온 거야."

"어깨 높이? 아하하."

그녀의 웃음소리는 다소 커서, 주소군조차 말을 멈추고 그녀를 바라보았다. 시선이 집중되자, 그녀는 민망한 표정을 지었는데, 이에 류무극이 먼저 포권을 취하곤 말했다.

"죄송합니다. 앞으로 조용히 하도록 하겠습니다."

그 말에 주소군은 피식 웃더니 말했다.

"아니에요. 어차피 다들 지루해서 말소리가 커지는 중이였으니까. 제 딴에는 참으로 중요한 역사를 교육하는 거였는데, 여러분들의 취향에서 한참을 벗어나나 보군요. 후후후."

웃음소리에 묘한 마기가 짙게 배어 있는 것이 과연 천마오가의 마인다웠다.

"……"

"……"

갑자기 차가워진 공기에 주소군이 한 팔을 슬쩍 들었다. 그리곤 한쪽을 가리켰다.

"저기 보이시지요? 저 건물?"

그쪽으로 모두들 고개를 돌리니, 그들이 있는 전각보다도 더 높은 건물이 눈에 보였다.

그 건물은 바로 낙양지부의 가장 중심에 있는 것으로, 지금 그 꼭대기에서 중원과 이계의 지도자들의 회의가 이어지고 있었다.

주소군이 말했다.

"다들 심심해 보이니, 바로 경기를 진행하지요. 지금부로 저 건물 꼭대기로 가세요. 아마 피월려 장로께서 대회의를 진행하고 계실 겁니다. 그에게 술 한 잔을 받아서 제게 가장 먼저 가져오시는 분께는 제 금패를 드리겠습니다."

"……"

"한 가지 경고드릴 건, 거기 앉아 계신 분들이 모두 한가닥 하시는 분들이니, 당신들의 건방진 행동을 두고만 보고 있진 않을 겁니다. 자, 그럼 시작!"

주소군이 그렇게 말하며 박수를 치자, 다들 서로 눈치를 보기 시작했다.

그러다가 붉은 피풍의를 입은 남자 고수가 자기 조원들에게 말했다.

"저는 먼저 가 보겠습니다."

그가 먼저 일어서니, 그의 조원들도 자리에서 일어나 계단 쪽으로 내려갔다.

다른 조들은 이를 멍하니 바라보다가, 마찬가지로 허겁지겁 움직였다.

그렇게 하나둘씩 모두 빠져나가자, 류무극과 제갈미가 속한 조와 또 다른 조, 이렇게 두 개 조만 덩그러니 남게 되었다.

류무극과 제갈미가 속한 조에선 한 명을 제외하곤 다들 시큰둥한 표정을 짓고 있었다. 금패에 별로 관심이 없는 듯했다.

그 한 명은 조원들의 표정을 살피고 있었는데, 자기 말고는 아무도 열심을 낼 생각이 없는 것 같아 매우 초조한 듯싶었다.

류무극이 모두를 바라보며 말했다.

"이렇게 된 거 통명성이나 하시지요. 앞으로 남은 용봉지회 동안 이름도 모르고 지낼 순 없지 않습니까?"

그 말에 제갈미가 말했다.

"그래요, 언니들. 새로 오신 류 공자에게 이름은 말해 줄 수 있잖아요?"

그 말에 세 여인은 서로 눈치를 보더니, 곧 한 명씩 말하기 시작했다.

처음 말한 것은 차가운 인상의 여인이었다.

"전 신아시라고 해요. 족보상으로는 제갈미의 이모뻘이지만, 그냥 언니 동생 하며 지내고 있죠. 낙양신가의 소가주이기도 해요."

신아시라고 자신을 소개한 여인도 제갈미처럼 곳곳에 색목인의 특징들이 잘 나타나 있었다. 다만 제갈미와는 다르게 무엇을 봐도 꼭 내려다보는 것처럼 도도한 눈초리가 매력적이었다.

두 번째로 말한 것은 색목인 여인이었다.

"난 라크샤 델라이. 중원에는 처음이지만, 말은 할 수 있어. 존댓말은 못 배워서 모르고. 델라이 왕국의 공주야. 봉은 아니고, 어머니 따라서 와 봤어."

그녀는 다른 이들과 달리 중원의 피가 전혀 섞이지 않은 여인이었다. 하지만 그렇기에 더더욱 이국적인 미색이 드러났다.

마지막으로는 은색 머릿결을 한 도복을 입은 여인이었다.

"아, 안녕하세요, 류 공자님. 전 신무당파의 제자 운우향이라고 해요."

그녀 역시 마찬가지로 색목인의 특징이 있는 혼혈이었다. 여러 겹의 쌍꺼풀과 대조적으로 끝이 살짝 쳐져 있어 강하면서도 유한 묘한 매력을 가지고 있었다.

그녀가 바로 아까부터 초조한 기색을 내비치던 사람이었는데, 다른 세 명이 소극적인 태도를 보이는 것에 대해서 불안한 듯 보였다.

이를 모두 들은 류무극이 말했다.

"다들 만나서 반갑습니다. 그런데 보아하니, 운 소저를 제외하고는 별호에 관심이 없는 듯합니다?"

이에 신아시가 먼저 말했다.

"딱히 필요 없어요."

라크샤도 대답했다.

"난 어차피 봉이 아니니까."

운우향은 머뭇거리다가 말했다.

"저, 저는… 그러니까……."

그녀가 말을 못하자 제갈미가 말했다.

"아 참. 또 답답하게 그러네. 그냥 편하게 말해요, 운 언니."

그 말에 운우향은 제갈미를 한 번 보고는 다시 눈길을 땅으로 가져갔다.

"……."

부끄러운지, 말을 못하자, 류무극이 물었다.

"어떤 별호를 얻고 싶으신 것이오, 운 소저?"

운우향은 한번 입술을 살짝 핥더니 말했다.

"새, 색봉(色鳳)이요."

"……"

"……"

"……"

"……"

다들 어처구니가 없다는 눈길로 그녀를 바라보는데, 그녀가 다시금 혀로 입술을 핥은 뒤에 말했다.

"아, 아버지께서 꼭 빛과 같은 사람이 되라고 하셨거든요. 그래서… 꼭 색봉이 되고 싶어요."

이제 보니 혀와 입술이 생혈만큼이나 붉었다.

모두 할 말을 잃은 채 가만히 있는데, 제갈미가 그녀의 어깨를 잡았다.

"그거 흐음. 뭐라고 말해야 할까. 그 꼭 색봉으로 해야 해? 빛이면… 그 광(光) 자도 있잖아?"

그러자 운우향은 다시금 고개를 움츠러들며 기어 가는 목소리로 말했다.

"과, 광봉은 어감이 별로잖아요."

그럼 색봉은?

네 명의 머릿속에 똑같은 질문이 떠올랐다.

그런데 운우향은 마치 그걸 들은 것 마냥 말했다.

"새, 색봉은… 히힛. 좋아요."

그렇게 말하고 혀를 살짝 내밀 상태로 음흉한 미소를 짓는데, 그 모습이 천 년 먹은 여우도 저리가라 할 만큼 요염하기 이를 데 없었다.

그러나 곧 다른 이들의 시선을 느낀 그녀는 금세 혀를 다시 입안에 집어넣고는 눈길을 내리 깔면서 얼굴을 굳혔다. 그러자 이제 막 알에서 태어난 새끼 오리처럼 변했다.

제갈미가 한숨을 쉬며 말했다.

"언니, 내가 언니 속에 뭐가 있어도 있다는 건 알았거든? 근데 그렇게 변태적인 게 있을 줄은 꿈에도 몰랐다."

운우향은 양손을 들고 절래절래 흔들었다.

"아, 아니야. 벼, 변태적이라니? 난 그, 그냥 뜻도 좋고 어감이 좋아서… 그래서 색봉 하고 싶은 거 뿐이……."

"아 후, 그만 좀 말해. 나까지 이상해지려고 하네."

그 말에 운우향은 억울한 듯 입술을 다부지게 닫았다.

그리곤 갑자기 어깨를 들썩였다.

"지, 진짠데. 왜. 흑. 왜… 흑흑. 그런 식으로… 몰아가는… 흑."

운우향은 양손을 들더니 곧 자신의 눈가로 가져갔다.

그리곤 눈물을 훔치기 시작했다.

"……."

"……."

"……."

"......"

그 와중에도 그녀는 혀로 입술을 수시로 핥았는데, 이제 보니 자기도 모르게 하는 버릇인 듯 보였다.

문제는 그 버릇이 너무 색정적이라는 점이었다.

류무극은 자리에서 일어났다.

"소저가 이렇게 눈물을 보이니, 가만히 있을 수만은 없겠소."

"에, 예?"

류무극은 주소군에게 말했다.

"주 가주님. 수단과 방법을 따지지 않는다고 하셨습니다, 맞습니까?"

주소군은 흥미롭다는 눈길로 그를 바라보았다.

"예. 그런데 이미 시간이 많이 지체되었을 텐데요. 다른 조들이 이미 술잔을 받고 돌아오고 있는 길일지도 모릅니다."

"그래도 최선을 다해 봐야겠지요."

그렇게 말한 류무극은 달렸다.

문제는 계단 쪽이 아니라 난간 쪽이라는 점이다.

모두의 시선이 그에게 고정되었다.

"류, 류 공자?"

"류 공자!"

류무극이 그 난간에서 뛰어 하늘을 향해서 다리를 뻗었다.

그리고 놀랍게도 그 다리는 공중을 짚었다.

탁.

공중에 선 그는 손을 들어서 방향을 가늠했다.

그리곤 달리기 시작했다.

이에 신아시가 믿을 수 없다는 듯 말했다.

"마, 마법인가?"

라크샤가 고개를 저었다.

"아니에요. 낙양본부에는 기본적으로 노매직존이 펼쳐져 있어서, 마법을 쓸 수 없어요."

제갈미가 그녀들을 돌아보며 따지듯 말했다.

"그럼? 지금 류 공자가 무슨 허공답보라도 펼치고 있다는 거야?"

그때 운우향이 두 손을 모으며 말했다.

"능공허도예요."

"……"

"……"

"……"

"공중을 마치 땅처럼 밟고 경공을 펼치시잖아요. 저건 허공답보가 아니라 능공허도라 봐야 맞아요."

눈물로 인해 촉촉이 젖어 있는 그녀의 두 눈은 저 멀리 날아가는 류무극의 등에 고정되어 있었다.

언뜻 보면 고요해 보였지만, 좀 더 자세히 들여다보면, 그 안에서 뜨겁게 타오르는 욕정을 발견할 수 있었다.

제갈미는 나지막하게 말했다.

"언니, 그러다 사고 치겠어……."

"응?"

운우향의 표정은 어느새 순수하기 짝이 없는 어린아이의 그것으로 되돌아와 있었다.

그것은 절대로 인위적으로 꾸민 것이 아닌 자연적인 순수함이었다.

제갈미는 그래서 더더욱 소름이 돋는 것을 느꼈다.

*　　　　　　*　　　　　　*

하늘을 바닥 삼고 걸어가던 류무극은, 중원과 이계를 다스리는 자들의 시선이 자신에게 꽂히는 것을 느꼈다. 그 시선에 담긴 감정들은 다양했는데, 각자 자신들이 가진 실력에 비례해서 나뉘는 듯했다.

감탄, 경계, 흥미…….

자연스레 대회의는 멈춰졌고, 모두들 농공허도를 선보이며 다가오는 류무극을 가만히 바라보았다.

탁.

난간 한 틈을 밟아 선 그는 모두를 향해서 포권을 취했다.

"안녕하십니까. 북경류가의 가주, 류무극이라 합니다."

그가 고개를 들었다.

그러자 모두들 두 눈이 휘둥그레졌다.

특히 모두의 중심에 서 있던 중년 남성은 더 이상 커질 수 없을 만큼 두 눈을 크게 떴다.

하지만 찰나 후 마음의 평정을 되찾은 그가 말했다.

"건물 아래에서 올라오는 기운들이 느껴지는 것을 보니, 아마 주소군이 괴상한 종목을 정했나보군. 안 그런가, 류 가주?"

류무극은 시익 웃었다.

"주 가주께서는 저희들에게 피월려 장로님께 술 한잔을 받아오라고 하셨습니다. 수단과 방법을 가리지 않고 가장 먼저 받아오는 사람에게 금패를 준다기에, 이렇게 무례를 무릅쓰고 하늘로 온 것입니다."

"재밌군. 그럼 나에게 어떻게 술을 받을 텐가, 류 가주?"

피월려는 팔짱을 끼고 옅은 미소를 지었다.

류무극은 그 미소를 보고, 자기도 모르게 똑같은 미소를 지었다.

"어떻게 하시면 주시겠습니까?"

그의 질문에 피월려는 손을 한 번 흔들었다. 그러자 멀리감치 있던 술병 하나가 그의 손아귀에 들어왔다.

"받으면 되지."

류무극은 고개를 한 번 갸웃하더니, 손을 앞으로 뻗었다. 피월려가 했던 것과 동일하게 손을 흔들었다.

그러자 마찬가지로 한쪽에 있던 술잔 하나가 날아와 그의 손에 잡혔다.

"……"

"……"

모두들 침묵 속에서 두 남자를 지켜보았다.

류무극은 옅은 미소를 유지한 채로, 피월려에게 서서히 다가갔다.

그런데 천천히 다가가면 갈수록 왠지 모르게 그가 점차 멀어지는 것처럼 느껴졌다.

한 발을 앞으로 내디디면, 그 이후의 공간이 엿가락처럼 늘어나서 두 발은 더 멀어지는 기분이었다. 그와 동시에 그를 바라보는 모든 사람들을 비롯하여 주변 환경까지도 모두 흐릿하게 변하면서, 결국 그 공간 안에는 류무극과 피월려만이 남게 되었다.

공간은 백과 흑의 극한의 조화 속에 존재하고 있었다. 이는 음과 양이라 표현해도 되고, 유와 무라 표현해도 무리가 없었다. 혹은 마와 선이라 해도 상관없었다.

절대로 섞일 수 없는 두 개의 근본. 그것이 서로와 조화를 이루며 세계를 만들어 냈다. 그 모든 것의 시작은 피월려였으며, 그 끝은 류무극이었다.

류무극은 이리저리 두리번거리다가 이내 중얼거렸다.

"재밌군요."

그는 마음속에 있는 내력을 폭발시켰다. 임독양맥을 거침없이 지나 그의 전신에서 뿜어지는 그의 내력은 묘하게도 선과 마의 기운을 동시에 지니고 있었다. 때문에 그 공간을 이루고 있던 기운과도 충돌하지 않고, 자연스럽게 섞여들었다.

때문에 그 공간의 끝지점이었던 류무극은 자신의 내력으로 인한 새로운 시작점이 되었다. 그 내력은 피월려에게서 뿜어지는 극한의 조화에 녹아들면서, 무엇이 시작이고 무엇이 끝이 알 수 없도록 만들었다.

피월려의 미간이 살짝 좁아졌다가, 다시금 펴졌다.

그리고 그와 동시에 그 둘을 감싸던 공간이 완전히 사라졌다.

그 모든 현상은 그 둘의 심상에만 있었을 뿐, 그들을 지켜보던 군중들을 오로지 그 둘이 침묵으로 서로를 노려보는 것으로 밖에 보이지 않았다. 때문에 무슨 일이 일어날까 기대하고 있었다.

피월려가 류무극에게 말했다.

"자격이 되는군. 그러나 더 다가오진 말고 그곳에서 받게."

류무극은 술잔을 양손으로 받아 앞으로 내밀면서 말했다.

"부탁드리겠습니다."

피월려는 자기 자리에 선 그대로 술병을 앞으로 쏟았다. 그러자 그의 술병에서부터 술이 흘러나와, 저절로 공중을 부유하여 류무극의 술잔에 떨어졌다. 류무극은 그 술잔이 가득 찰 때까지 가만히 있었다.

피월려가 술병을 거두니, 류무극이 술이 담긴 술잔을 아래 살짝 내려놓고는 다시금 손을 털었다. 그러자 이번엔 또다른 빈 술잔이 그의 손에 잡혔다.

그는 무복을 한 번 탁탁 털더니, 천천히 걸음을 옮겼다. 모두들 그가 피월려에게로 걸어가나 싶었지만, 그의 방향은 살짝 틀어져 있었다.

그는 한 중년 남성과 중년 여성 앞에 섰다.

그리곤 공손히 말했다.

"외람되오나, 눈빛에서 느껴지는 정순한 기운으로 감히 짐작하건데, 신무당파의 문주님이 아니신지요."

"정순한 기운을 나만 품고 있는 건 아닐 텐데, 내가 신무당파 출신임은 어떻게 알았는가?"

류무극은 더욱 공손한 태도로 말했다.

"여식분을 보았습니다. 그녀의 눈빛 속에 담겨진 정순한 기운과 그 류가 같은 듯 보였기에, 그렇게 짐작한 것입니다."

운정은 고개를 돌려 스페라를 한 번 보았다.

스페라는 눈웃음을 치며 나지막하게 말했다.

"He's definitely interested in our daughter."

운정은 피식 웃더니 다시 류무극을 보았다.

"맞네. 신무당파 개파조사인 운정일세."

류무극은 빈 술잔을 그의 앞에도 올렸다.

"혹 한 잔 따라 주실 수 있겠습니까?"

운정은 피식 웃더니 말했다.

"이미 피 장로께 한 잔 받지 않았던가? 그것을 놔두고 새로운 잔을 받으려는 겐가?"

류무극은 작은 미소를 얼굴에 머금고 말했다.

"저 잔은 경쟁을 위해 제가 마실 수 없습니다. 하지만 이런 자리에 와 놓고 술 한 잔 마시지 않는 것은 예가 아닌 듯하여 따로 이렇게 청하는 것입니다."

운정은 이번엔 피월려를 바라보았다.

피월려는 류무극과 똑같은 표정을 짓고 그들을 바라보고 있었다.

운정은 왼손으로 오른손 소매를 잡고 앞으로 뻗었다. 그러자 이계에서 가져온 듯한 투명한 유리병이 그의 손에 잡혔다.

그 안엔 맑은 물이 가득했다.

그가 말했다.

"천마신교의 피 장로께서 우리의 눈을 즐겁게 해 주셨으니, 나도 가만있을 수는 없지 않겠나?"

그의 전신에서 자연을 절로 떠올리게 만드는 선기가 은은하게 피어났다. 특히 그의 손에 집중되었는데, 그렇게 모여든 선기는 물병을 가득 감싸 안았다. 만약 그것이 마기였다면, 물병은 진작 산산조각 났을 것이다.

그는 눈을 살짝 감고는 물병을 한 바퀴 느리게 흔들었다. 그러자 놀랍게도 투명하고 맑았던 물에 갈색 기운이 엿보이기 시작했다.

그가 다시금 한 바퀴를 돌리자, 갈색 빛은 점차 강해졌고, 이내 물은 코를 톡 쏘는 고량주로 변해 버렸다.

그는 왼손으로 잡았던 소매를 오른 손목 주변으로 넘기고는, 그 술을 류무극이 들고 있던 술잔에 따르며 말했다.

"파인랜드에선 이를 위스키(Whiskey)라고 하네."

류무극은 그 고운 빛깔을 눈으로 음미하다가, 이내 단숨에 입에 털어 넣었다.

그리곤 모든 사람이 뚜렷하게 들릴 정도로 한 모금에 다 삼켜 버렸다.

꿀꺽.

위장에 닿기도 전부터 식도를 타고 올라오는 취기는 입을 지나고 코를 지나 머리를 직접 때리는 듯했다.

그는 내력으로 얼마든지 취기를 몰아낼 수 있었으나, 중원의 술과는 색다른 느낌이 좋아 그대로 두었다. 그는 조심 게 슴츠레한 눈빛으로 고개를 살짝 숙이며 말했다.

"그럼 돌아가 보겠습니다."

"잠깐!"

류무극은 소리가 들린 쪽을 바라보았다.

막 계단에서부터 올라온 청년 고수는 온통 피에 젖은 듯한 붉은 피풍의를 입고 있었다. 아까전, 가장 먼저 뛰쳐나간 그 고수였다.

류무극은 취기로 인해 흐려진 시야 때문에 그 남자의 얼굴을 정확히 볼 수 없었다.

"왜 그러시오?"

그 청년 고수는 이내 지도자들 앞에서 너무 소리가 컸다고 생각했는지 헛기침을 하곤 포권을 취하며 말했다.

"이 혈무공이 중원과 이계의 지도자분들 앞에서 경거망동하였습니다. 죄송합니다. 다만, 저기 있는 류 공자에게 급한 용무가 있어, 결례를 범하는 것을 용서하여 주십시오."

그 자리에 있던 그 누구도 불쾌하다는 표정을 짓는 이가 없었다. 지루한 회의에 갑작스레 찾아온 신선한 휴식을 모두들 즐기기로 한 듯, 다들 흥미롭다는 얼굴이었다.

류무극은 아무것도 모르겠다는 듯이 눈을 동그랗게 떴다.

"무슨 용무? 날 아시오?"

혈무공은 얼굴을 잔뜩 찌푸리더니, 나지막하게 중얼거렸다.

"나는 당신을 모르오. 정확히 말하면 난 저 술잔에 용무가 있소."

류무극은 혈무공이 가리킨 방향을 바라보았다. 그곳엔 피월려에게 술을 받아 놓은 술잔 하나가 놓여져 있었다.

류무극은 혈무공을 다시 바라보며 말했다.

"아하, 저걸 원하시는 군."

혈무공은 눈초리를 모으더니 말했다.

"정정당당하게 싸워서 이기는 쪽이 차지하기로 하는 것이 어떻소, 류 공자."

류무극은 어깨를 들썩였다.

"왜요?"

"……."

"굳이?"

"……."

"술잔이야 받으면 그만이니, 한 번 잘 이야기해 보십시오. 혹시 또 압니까? 피 장로께서 당신의 술잔에도 따라 줄지. 이건 선물로 줘야 해서. 전 이만 가 보겠습니다."

그렇게 툭 하니 말한 그는 그 자리에서 날아가듯, 난간 밖으로 훌쩍 뛰었다. 그와 동시에 그가 손을 휘적거리자, 피월려의 술이 담긴 술잔이 저절로 들려서 그의 손으로 점차 날아갔다.

혈무공은 코웃음을 치며 말했다.

"안 될 말이지!"

그는 앞으로 손을 뻗었다. 그러자 그의 소매에서 둥그렇게 생긴 반투명한 백색의 공이 튀어나왔다. 마치 잘 닦인 진주와도 같았는데, 그 크기가 한 손에 다 잡히지 않을 정도로 컸다.

그 위에는 깨알 같은 글씨들이 빼곡히 쓰여 있었는데, 혈무공이 다섯 손가락을 살짝 움직임에 따라, 그 글씨들에서 은빛이 흘러나왔다.

그와 동시에 대자연의 기운이 완전히 멈췄고, 공중에 있던 류무극의 몸이 순간 기우뚱했다.

그는 기이하다는 듯 고개를 갸웃하며, 자신의 발을 내려다보았는데, 방금 전까지만해도 잘만 공중을 밟던 그의 두 발에서 반발력이 일순간 사라졌다.

"우왓?"

그는 그대로 아래로 떨어지기 시작했다.

그의 집중이 흩어짐에 따라, 공중을 부유하며 쫓아오던 술잔도 그와 함께 땅으로 추락하기 시작했다.

회심의 미소를 지은 혈무공은 이내 류무극이 밟고 날아올랐던, 그 난간은 그대로 밟으며 마찬가지로 날아올랐다. 그가 순간적으로 자신의 두 발꿈치를 마주 치자, 신발 아래에서 이글거리는 강렬한 열기가 솟아나더니, 마치 능공허도를 펼치는 것과 같이 공중에 섰다.

혈무공은 시익 웃으며 아래로 추락하는 류무극을 거만한 눈길로 내려다보았다. 그러다가 그의 옆, 허공에서 떨어지는 술잔을 보고는 얼굴이 핼쑥해져, 발을 이리저리 놀려 얼른 술잔을 쫓아갔다.

그때쯤 류무극은 주변의 대자연의 기운이 다시금 돌아가는 것을 느꼈다.

그는 다리에 가진 모든 내력을 불어넣어 경공을 극성으로 펼침과 동시에, 자신을 향해서 떨어지는 혈무공을 올려다보았다.

류무극과 혈무공, 그 둘 사이에는 술잔이 있었다.

그 둘은 함께 손을 뻗었고, 이내 그 둘의 손이 동시에 술잔에 닿았다.

또한 그와 함께, 둘의 시선이 그 술잔 안으로 향했다.

"……."

"……."

술은 없었다.

그들이 주변을 둘러보다가 동일한 순간에 술을 발견했다.

놀랍게도, 술은 공중에 둥둥 뜬 상태로 용봉지회가 열리는 건물 꼭대기로 날아가고 있었다.

난간에는 눈을 감은 채 양손을 앞으로 뻗고 있는 운우향이 있었다.

                    *   *   *

운우향이 금패를 차지하고도 주소군의 역사 강의는 계속됐다.

차라리 죽여 달라고 말하고 싶을 만큼 좀이 쑤셨던 용봉들은 저녁 식사를 알리는 종소리가 울리자, 다들 환희에 찬 표정을 지었다.

주소군은 말을 멈추고 자리에서 일어났고, 모두들 기쁜 마음으로 꼭대기에서 내려와 식당으로 갔다.

호화스럽기 그지없는 용봉지회의 만찬은 이계와 중원에 있는 모든 종류의 음식이 즐비하게 있었다. 각 조별로 앉은 용봉들은 조금씩 대화를 나누기 시작했는데, 이제 겨우 만 하루 정도가 지난 터라, 크기의 차이만 있을 뿐 모든 조에 어색함이 있었다.

이는 류무극이 속한 조도 크게 다르지 않았다. 제갈미가 지속적으로 화두를 던지며 대화를 이끌지 않았다면, 아마 한 마디도 안 하고 있었을 것이다. 그녀는 한 명, 한 명 눈치를 살피면서 모두가 공감할 만한 주제를 꺼내기 시작했고, 자연스럽게 무에 관한 것으로 화두가 흘러가기 시작했다.

얼마 지나지 않아, 거의 모든 이들의 관심이 류무극으로 향했다.

그가 모두의 앞에서 선보인 능공허도는 입신의 경공으로 알려져 있다. 그것을 두 눈으로 똑똑히 지켜본 네 여인은 그에 관해서 묻고 싶었지만, 괜히 두루뭉술하게 말을 돌렸다.

제갈미는 갖은 양념이 된 조개를 집어 양손으로 벌리면서 말했다.

"…그러니까, 사실 내공이란 건 딱, 일 갑자. 일 갑자만 있으면 그게 끝이라니까요? 그 이상 있는 건 사치예요. 그거면 입신에 들 수 있다고요."

그 말에 신아시가 단조로운 목소리로 대꾸했다.

"하지만 일갑자 이상이라고 하더라도, 내공의 차이는 분명히 있어. 초절정간의 싸움이 단판으로 결정되는 것도 아니고, 내력의 씨름으로 이어질 때가 얼마나 많은데."

언제나 차가운 면모를 보이던 신아시도, 무에 관해서라면 말이 많아졌다.

이에 라크샤가 말했다.

"그러니까, 내가 이해하는 게 맞다면. 일 갑자만 있으면 다음 단계로 넘어갈 수 있다는 거지?"

제갈미가 고개를 끄덕였다.

"맞아, 언니. 그 이상은 불필요해. 일단 일갑자라는 건 전신의 혈도가 뚫려 있다는 거고, 그 상태에서 깨달음만 있다면 바로 입신으로 가는 거지. 트렌센던스 말이야."

라크샤는 알겠다는 듯 고개를 느리게 끄덕였다.

그때 운우향이 자리에서 반쯤 일어났다. 팔을 길게 내밀고 젓가락을 크게 놀리는데, 류무극은 그녀가 먹고 싶어하는 음식을 바로 파악하고는, 그것을 담은 접시를 잡아 그녀 앞에 놓아 주었다.

그는 다시 자리에 앉으며 제갈미에게 말했다.

"일단 입신에 들고 나면, 내력의 제약을 받지 않습니다. 그러니 제갈 소저의 말에 좀 더 동의가 되는군요."

그 말에 신아시가 고개를 저었다.

"그건 대자연의 기운 또한 무한하다는 가정하에 그런 거예요. 아무리 외부에서 기를 무한하게 흡수할 수 있다 해도, 외부의 기운이 한정적이라면 의미가 없어요. 문제는 모두들 아시다시피, 외부의 기운은 그 누구의 것도 아니기 때문에, 마법적인 접근이 쉽지요. 노마나존만 해도 그런 방식이잖아요?"

이에 라크샤가 고개를 끄덕였다.

"그건 맞아. 외부의 마나는 쉽게 건들지만, 상대방의 몸 속에 있는 건 못 건들지."

신아시가 맞장구쳤다.

"그러니까, 요즘 같은 시대에는 다다익선이에요. 애초에 대자연의 기운을 마음껏 사용하는 마법사들을 보세요. 요즘은 그들조차도 중원의 내공심법을 모방해서 마나홀이니 뭐니 하는 걸 익혀 내부에 마나를 저장하죠."

이에 제갈미가 조개 안을 한 번 쭉 훑어 먹더니 팔짱을 끼며 말했다.

"그건 그렇긴 하네요. 아버지가 말씀하셨었는데, 내부에 마나홀 안에 따로 마나를 저장한 마법사들은 노마나존 안에서도 마법을 펼칠 수 있다고 했어요. 그리고 보니, 그 방법을 처음 고안해 낸 게 신무당파의 개파조사이신 운우향의 아버님 아니신가요?"

운우향은 입에 가득 음식을 넣고 우물우물 씹고 있었다.

그녀는 제갈미를 보고 고개를 여러 번 끄덕이는 것으로 대답을 대신했다.

흥미를 느낀 류무극이 운우향에게 말했다.

"그렇다면 노마나존 안에서도, 즉사 주문이나 그런 것도 가

능하답니까? 만약 가능하다면, 마법이 무공보다 우수하다는
데 논란의 여지가 없을 것입니다."

그 말에 대답하기 위해서, 운우향은 필사적으로 우물우물
거렸다. 그리곤 꿀꺽 삼키고는 말했다.

"하아, 아니에요. 마나홀에서 끌어올린 마나로 실현한 주문
은 상대방에게 직접적인 사건을 일으킬 순 없지요. 단지 신체
와 접촉한 곳까지가 한계예요. 그 이상은 노마나존에 의해서
전혀 사건이 일어나지 않아요."

라크샤가 고개를 끄덕였다.

"조금 더 설명하면, 손 위에 불덩이를 만드는 마법이나, 손
바닥에서 바람을 일으키는 등의 마법이 가능하지만, 상대방을
개구리로 만들거나, 졸음에 빠져들게 만드는 마법은 불가능하
다는 거야."

신아지는 다소 거만한 미소를 지으며 말했다.

"그 정도라면 딱히 마법이라고 할 것도 없군요. 무공으로도
충분히 가능한 것이니까."

갑작스러운 모습에 라크샤의 미간이 살짝 좁아졌다.

그녀는 신아지를 노려보며 말했다.

"그 말을 그대로 뒤집으면, 무공도 무공이라고 할 것 없어.
마법으로 다 가능하니까."

방금 전까지 서로 맞장구를 쳤던 두 사람 사이에 묘한 기류

가 흐르기 시작했다.

셋 다 눈치를 보는데, 누군가 갑자기 다섯 명 사이로 불쑥 얼굴을 들이밀었다. 붉은 피풍의의 사내, 혈무공이었다.

그는 한 손에는 위스키를 담은 유리병과, 다른 손에는 유리잔 두 개를 들고 있었다.

"아까 전에 일이 마음에 걸려서 잠시 왔는데, 합석해도 괜찮겠나?"

다짜고짜 반말을 했지만, 이상하게도 무례하게 들리지 않았다.

그는 다섯 명의 대답을 듣지도 않고, 뒤에 있던 의자 하나를 발을 걸어 가져와서 류무극 옆에 턱 하니 앉았다.

그리곤 유리잔에 위스키를 따르며 말했다.

"책에서만 봤던 능공허도를 직접 눈으로 보니까, 너무 놀랍더군. 그래서 친구 하고 싶어서 왔어."

그는 두 유리잔에 위스키를 따르곤 하나를 운정 앞에, 다른 앞에는 자기 앞에 두었다.

그 모습을 가만히 지켜만 보던 류무극이 툭 하니 그에게 말했다.

"너 나이가 몇이냐?"

마찬가지로 갑작스러운 반말이었지만, 혈무공은 시익 웃으며 사내답게 말했다.

"열아홉."

류무극은 고개를 살짝 들고 천장을 바라보더니, 한숨을 쉬고는 다시 고개를 돌려 그를 보았다.

"흐음, 난 스물둘인데?"

혈무공이 피식 웃더니 말했다.

"그래서?"

류무극은 똑같이 웃었다.

"앞자리가 다른데 친구가 될 순 없지."

혈무공은 어깨를 한번 들썩이고는 말했다.

"그럼 형님으로 모시지. 뭐, 어려운 거라고."

"좋아."

류무극은 손을 뻗어서 위스키가 담긴 유리잔을 잡았다.

혈무공도 그것을 잡았다.

둘이 그걸 마시려고 하는데, 갑자기 불쑥 제갈미가 끼어들었다.

"잠깐만! 나도 껴 줘."

"응?"

"뭐?"

제갈미는 마침 지나가던 시녀에게 유리잔 하나를 부탁하더니, 그들에게 말했다.

"나도 껴 달라고. 서로 친구 먹으려는 거잖아?"

이에 혈무공이 눈을 동그랗게 뜨고는 말했다.

"너? 넌 여잔데, 무슨 사내들 사이에 끼려고 그러냐?"

둘은 서로 아는 사이인 듯했다.

제갈미가 말했다.

"왜? 왜 안 되는데? 남자만 하라는 법 있어? 있냐고?"

혈무공은 그녀를 위 아래로 훑어보더니 말했다.

"아니, 그런게 아니라 반대로 생각해 봐. 너하고 여기 다른 봉분들 하고 자매의 연을 맺는데 내가 갑자기 끼어들면? 그럼 괜찮아?"

"어, 괜찮은데? 뭐가?"

막 시녀가 다가오자, 제갈미는 그것을 받아서 혈무공 앞에 확 내려놓더니 말했다.

"나도 줘."

"……."

"얼른!"

그러자 혈무공은 묘한 눈길로 그녀를 보다가, 곧 류무극에게 시선을 던졌다.

류무극이 말했다.

"난 괜찮아. 내가 볼 때 제갈 소저는 좋은 사람으로 보이고, 또 혈 아우도 좋다고 생각하니, 좋은 사람이 맞겠지."

그 말에 혈무공은 고개를 돌려 다른 셋을 보았다.

"혹시나 더 끼고 싶은 사람 있소?"

신아지는 즉시 고개를 저었고, 라크샤도 마찬가지였다.

그러나 운우향은 관심이 있는지 우물쭈물하면서 세 사람의 눈치를 보았다.

제갈미는 답답하다는 듯 말했다.

"아이고, 속이야. 언니, 언니도 들어와."

운우향의 시선은 이제 제갈미와 세 유리잔 사이를 오가기 시작했다.

그러다가 그녀는 이내 아주 미세하게 고개를 끄덕였다.

제갈미는 다시금 지나가는 시녀를 붙잡고 유리잔을 달라고 했고, 시녀는 그것을 하나 더 가져왔다.

혈무공은 빈 두 잔도 위스키로 채우고는 제갈미와 운우향에게 각각 하나씩을 주었다.

그 넷은 머리 높이로 네 잔을 들었다.

혈무공이 말했다.

"첫째는 류 형님, 둘째는 나, 셋째는 운 소저, 그리고 넷째는 미. 괜히 무공이나 마법 같은 걸로 정하지 말고 깔끔하게 나이로 하자고. 그렇다고 해서 뭐 위아래가 있는 건 아니고, 서로 존중하기. 어때?"

"좋다."

"좋아."

"조, 좋아요……."

혈무공은 그대로 입에 털어 넣었다. 그러자 류무극과 제갈미 그리고 운우향도 자신의 술을 끝까지 마셨다. 독하기 그지없었지만, 넷 다 한 방울도 남기지 않고 한번에 모두 마셨다.

"그럼 우리 넷의 이름을 정해야지, 신 소저. 그리고 델라이 소저. 즐거운 담소 시간을 뺏은 게 미안해서 그러는데, 두 분이서 한번 지어 주는 건 어떻소? 우리 넷, 말이오."

그 말에 신아지가 한쪽 입 꼬리를 올렸다.

"이남이녀 어떤가요?"

"……."

"……."

모두들 침묵한 채로 신아지를 보았다.

신아지는 고개를 살짝 숙인 채 손가락으로 입술을 가렸는데, 마치 혼자서 웃음을 참고 있는 것 같았다.

라크샤는 나지막하게 중얼거렸다.

"설마 농담한 건 아니죠?"

이에 신아지는 웃음기를 싹 거두며 말했다.

"한 거예요."

"……."

"이남이녀가 아니라면, 쌍남쌍녀는 어떠신지. 크흡."

이번에는 참지 못했는지 웃음이 새어나왔다.

다른 이들은 이를 어떻게 받아들여야 할지 몰라서 가만히 있었다.

그런데 운우향이 신아지의 어깨에 손을 살짝 올리면서 말했다.

"난 웃겼어요, 언니."

신아지는 갑자기 싸늘한 표정을 짓고 그녀를 돌아보며 말했다.

"진짜?"

운우향은 해맑은 미소를 얼굴에 그리며 말했다.

"그럼요! 정말로요."

신아지는 눈초리를 모으고 운우향을 노려보았다. 하지만 운우향의 표정은 일절 변함이 없었다.

신아지는 이내 고개를 돌려 음식 하나를 집으며 말했다.

"좋아, 믿겠어."

"헤헤."

순수하기 짝이 없는 그 표정을 보니, 모두들 운우향이 예의로 한 말이 아니라 진짜로 웃기다고 생각하는 것이 아닌지, 의심이 들기 시작했다.

그때 누군가 혈무극의 등을 툭툭 쳤다.

"무극아."

혈무극의 몸이 순간 깜짝 튀어 올랐다. 그는 경직된 상태로 서서히 몸을 돌려 뒤를 보았다. 그는 이내 자리에서 벌떡 일어나며 소리쳤다.

"아, 아버지?"

천마신교의 교주, 혈적현이 용봉지회의 만찬에 등장한 것이다.

이에 용들과 봉들 할 것 없이 모두 자리에서 일어나 공손히 포권을 취했다.

혈적현이 혈무공에게 말했다.

"용봉지회의 조를 만든 이유는 조 안에서 우선 유대감을 쌓으라는 것이다. 이를 모르진 않을 테니, 어서 네 조로 돌아가거라. 네가 이렇게 취지를 무시하면 다른 용들과 봉들도 그렇게 하지 않겠느냐?"

이에 혈무공은 고개를 한 번 숙여 보이곤, 금세 자기 자리로 돌아갔다.

따뜻한 눈길로 그를 바라보던 혈적현은 한쪽으로 걸어가서 모두가 보이는 곳에 섰다.

"내 이름은 혈적현, 천마신교의 교주이다. 본래는 어제 오려 했으나, 일이 있어 오늘 오게 되었다. 다들 긴장하지 말도록."

하지만 그 누구도 그 말을 듣고 긴장을 푸는 사람이 없었다.

이 자리에 있는 용봉은 모두들 특별한 신분과 핏줄을 타고난 사람들이다. 어느 상황에 놓여도 쉽게 긴장하지 않았다. 하지만 중원과 이계 전체에 가장 강력한 영향력을 가진 혈적현 앞에서는 그들도 한낱 수많은 무림인 중 일인에 불과했다.

혈적현은 말을 이었다.

"내가 저녁 만찬에 온 것은 경쟁을 주최하기 위함이 아니다. 그저 앞으로 중원을 이끌 여러분들의 얼굴을 익혀 두고 인사라도 나누려고 찾아온 것이다. 그럼 한 명씩 자리에서 일어나, 스스로를 소개하라."

그의 명이 떨어지자 눈치 빠른 몇몇은 포권을 취하며 존명을 외쳤다. 하지만 대부분은 긴장한 탓에 몸이 얼어 반응하지 못했다.

그때 누군가 자리에서 일어나며 말했다.

"안녕하십니까, 혈 교주님. 전 북경류가의 가주 류무극입니다."

그의 표정은 태연했다. 눈빛 또한 또렷했다. 긴장하기는커녕 마치 제집에 있는 것처럼 편안하기 이를 데 없었다.

혈적현은 고개를 살짝 들고 그를 내려다보며 말했다.

"대회의에 난입했다는 류 가주로군. 듣자하니, 능공허도를 마음대로 펼칠 수 있다면서?"

당시 혈적현은 그곳에 없었다. 대회의를 진행한 것은 피월려였다.

류무극은 포권을 취하며 고개를 숙였다.

"요령만 좀 알 뿐입니다."

"요즘 세상처럼 백도와 흑도가 혼잡한 세상은 없었지. 그와 마찬가지로 실력과 요령에도 크게 차이가 없다. 마법이든 술법이든 무공이든 공학이든, 같은 결과를 이끌어 낼 수 있다면 그게 곧 옳은 답이지."

"그렇게 말씀해 주시니 감사합니다."

혈적현은 고개를 저었다.

"아니, 그렇게 말해 주는 게 아니라, 실제로 그러하다. 과거 이계와 교류하지 않았을 때는, 근 천 년 동안 수많은 고수들을 통해서 이뤄진 시행착오 끝에, 분명하게 나온 답안지가 있었다. 딱 한 개라고 할 수 없었지만, 답안지와 답안지가 아닌 것의 구분은 충분히 이뤄진 상태였지. 때문에 백도와 흑도의 차이 또한 뚜렷했다."

"……"

"하지만 지금은 그렇지 않지. 모든 것이 뒤섞인 지금은 무엇이 답인지 답이 아닌지 아직 나오지 않았어. 어느 길이 안전하고 위험한지, 어느 길이 느리고 빠른지, 어느 길이 한계가 있고 없는지… 그 누구도 몰라. 실제로 중원의 많은 문파들에서 기존에 있던 무공에 다른 기술들을 섞기 시작했고, 어떻게 보면 그 첫 세대가 너희들인 것이지."

"……."

혈적현은 의미심장하게 웃더니 류무극을 보며 말했다.

"그래서 묻고 싶다. 북경류가의 무공은 어떤 길을 걸으려고 하나?"

류무극은 잠시 고민하다가 나지막하게 말했다.

"북경류가의 무공은 소실된 것이 많아, 앞으로 제가 많은 것을 창안해야 합니다. 때문에 정해진 것이 없다고 봐도 무방합니다."

"오호?"

"앞으로 다른 많은 것들을 배워, 북경류가의 무공을… 아니, 무학을 완성할 것입니다."

혈적현은 고개를 크게 끄덕였다.

"무학이라… 좋은 표현이다. 류 가주가 원하는 바를 잘 이뤘으면 하는군."

류무극은 포권을 올려 보인 뒤에, 다시 그 자리에 앉았다.

그러자 다섯 명이 넘는 사람이 동시에 일어나 포권을 취했다.

"저는……."

"전……."

류무극에 의해서 용기를 얻은 이들 중에 그래도 행동력이 빠른 자들이었다. 하지만 다섯 명이나 되니, 다들 말이 뒤섞여 누가 무슨 말을 했는지 알 수 없었다.

혈적현은 크게 웃더니 말했다.

"좋다. 차례대로 말해라."

그는 그렇게 한 명 한 명 무학에 대해서 대화를 나누었다. 짧게는 세 번, 많게는 열 번까지도 질문과 답을 주고받으면서, 앞으로 중원을 이끌어 나갈 신진 고수들의 생각을 주의 깊게 들었다.

마지막까지 차분히 대화한 혈적현은 모두를 향해서 말했다.

"그럼 앞으로 남은 용봉지회 동안 서로 깊은 교류를 나누길 바란다. 이번 용봉지회 열흘이 각자의 가문의 운명을 좌지우지하는 일이 될 것이니."

"존명."

"존명."

모두의 화답을 들으며 혈적현이 한쪽으로 사라졌다.

꽤 오랜 시간이었지만, 천마신교 교주 앞에서 편하게 있을 수 없었던 용봉들은 그가 사라짐에 따라 온 몸의 긴장이 풀리는 듯했다.

노곤함과 피곤함이 갑자기 들이닥치는데, 그와 함께 한쪽에서 강렬한 살기가 느껴졌다.

그곳엔 한 중년 남자가 비릿한 표정을 짓고 서있었다.

저벅.

저벅.

저벅.

한 발자국을 옮길 때마다 마치 사람을 한 명씩 죽이는 듯, 그 기세에서 뿜어지는 살기는 배가 되었다. 그리고 그것은 단순히 기세에서 멈추지 않았다.

턱까지 길게 내려온 혓바닥은 파충류의 그것처럼 흔들거렸고, 쟁하고 어두운 두 눈은 어둠 속에 잠겨 있는 듯했다. 휘적거리는 팔과 다리는 마치 흐물거리는 촉수와 같았고, 허리에 찬 낫에는 수십 겹의 피딱지가 굳어 있었다.

그는 아까 전, 혈적현이 있었던 곳에 몸을 집어 던지듯 앉더니, 다리를 꼬곤 고개를 하늘 높게 쳐들었다. 그리곤 혓바닥을 길게 내밀고 빙글빙글 돌리더니, 이내 입안으로 쏙 잡아당겼다.

"제군들 중, 내 이름을 아는 사람이 있는가?"

"……."

"……."

당연하지만 용봉 중 이름을 아는 사람은 아무도 없었다. 하고 다니는 행색을 보면 유명하기도 할 것 같지만, 아쉽게도 그들 모두는 좋은 것만 보고 듣고 자란 귀한 자제들이었다.

그 남자는 양손을 어깨 옆으로 펼쳤는데, 그 손가락이 마치 생선의 가시처럼 날카로웠다.

"아쉽구먼. 내 이름을 아는 사람이 있었다면 바로 금패를 내줬을 텐데. 흐흐흐."

"……"

"……"

그는 고개를 확하니 내렸다. 그리고 눈동자를 굴려 용봉들을 이리저리 훑어보았는데, 그의 두 눈은 각기 다른 초점이 있는 것처럼 따로 움직였다. 지금까지도 충분히 괴기했지만 그것만큼은 너무 징그러워, 모두들 눈길을 돌렸다.

"흐흐흐, 흐흐흐, 귀엽구먼, 귀여워. 흐흐흐, 남자고 여자고, 다들 맛있게 생겼어."

"……"

"……"

그가 눈을 확 하니 감고는 고개를 다시 쳐들었다.

그리곤 입술을 위로 쭉 뻗고는 말했다.

"난 단시월이다. 기억해라. 꼭 기억해. 앞으로 나랑 마주쳤을 때, 내 이름을 기억하지 못한다면, 너희들의 목을 베어 버릴 테니까. 알겠냐?"

"……."

"……."

"알겠냐고?"

용봉들은 서로 눈치를 살피더니, 곧 포권을 취하며 떨떠름하게 대답했다.

"아, 예."

"네에……."

단시월은 갑자기 몸을 앞으로 숙였다. 그리고 음산한 눈길로 모두를 다시금 훑어보더니, 이내 나지막한 목소리로 말했다.

"원래는 말이다. 이 단시월이 아주 재밌는 걸 준비했단 말이지. 너희 용봉들이 정말로 재밌어 했을 거야. 그런데 웬 걸? 교주께서 갑자기 만찬에 등장해서 내 시간을 뺏었지 않아? 그래서 이 단시월은 마음이 아주 불편하단 말이야. 내가 준비한 걸 제 시간 안에 도저히 할 수가 없거든? 그러니까, 경쟁 종목을 바꾸겠다."

차갑게 내려앉은 침묵 속에서 그는 마치 연극이라도 하듯 슬픈 표정을 짓더니 말을 이었다.

"너희들은 이제 서로를 죽여라. 마지막에 살아남는 놈에게 금패를 주마. 아차차, 년이 될 수도 있으니까, 연놈에게 주마."

"……."

"……."

다들 쎄한 분위기 속에서 가만히 단시월을 노려볼 뿐이었다.

단시월은 심드렁한 표정을 짓더니 말했다.

"뭘 그리들 노려보고 있어? 얼른 서로 죽이라니까?"

이에 혈무공이 자리에서 벌떡 일어났다.

"서로 죽이라니요? 제정신입니까?"

단시월은 어깨를 한번 들썩였다.

"글쎄? 내가 제정신인지 아닌지, 나한테 물어보면 어떻게 하자는 거야? 내가 제정신이면 날 제정신이라고 생각할 거고… 내가 제정신이 아니면, 그래도 날 제정신이라 생각하겠지. 그런데 내가 제정신이라고 말하는 그 말의 의미가 있어? 생각 좀 하고 말해라, 작은 교주."

"……."

미친 사람의 입에서 나온 것 치고는 상당히 논리적이었기에, 혈무공은 꿀 먹은 벙어리처럼 되었다.

그때 류무극이 자리에서 일어났다.

그리곤 단시월을 똑바로 바라보며 물었다.

"죽이기만 하면 되는 겁니까?"

"웅?"

"죽이기만 하면 되는 거냐고 물었습니다."

단시월은 마치 초승달처럼 두 눈을 휘어지게 떴다.

"그래, 죽이기만 하면 된다."

류무극은 고개를 한 번 끄덕여 보이곤, 그 자리에서 사라졌다.

콰ㅡ!

강력한 폭음과 함께, 단시월의 머리가 있던 곳의 기둥이 뒤쪽으로 터져나갔다. 단시월의 머리는 마치 뱀처럼 휘어진 체, 오른쪽으로 기울어져 있었는데 어느새 그의 앞에 선 류무극이 다음번 주먹을 내질렀다.

그의 주먹은 단시월의 얼굴에 정통으로 꽂혔다.

팍.

충돌음이라고 하기에는 조금 기이한 소리가 났다. 류무극이 눈살을 찌푸려 자신의 주먹을 보았는데, 그 뒤쪽으로 붉은 혓바닥이 모습을 드러냈다. 단시월의 혓바닥에 의해서 막힌 것이다.

류무극은 얼른 주먹을 다시금 거뒀다. 하지만 단시월의 혓바닥은 마치 그의 주먹에 붙은 것처럼 따라왔다.

그 뿐만 아니라, 그 주먹을 휘감듯 넓게 펴지더니, 이내 그 주먹을 완전히 둘러쌌다.

너무나도 괴기하기 짝이 없는 그 모습에 모두들 경악하는데, 류무극은 침착한 표정을 유지하며, 다른 손으로 손날을 취하고 그 혓바닥의 중심부를 내려쳤다.

그의 손날에는 시퍼런 강기가 돋아나 있었다.

"흐릅!"

단시월은 얼른 혓바닥을 입안 쪽으로 빨았다. 그러자 휘리릭하는 소리와 함께 혓바닥이 입 안으로 들어갔다. 찰나 후 류무극의 손날이 내려쳐지는데, 만약 조금만 늦었어도 혓바닥은 반 토막이 되었을 것이다.

류무극은 그대로 어깨에 무게를 실어서 단시월의 얼굴을 가격했다.

꽉—!

단시월은 대자를 그리며 뒤로 벌러덩 넘어졌고, 그 틈에 류무극은 몸을 위쪽으로 살짝 띄웠다. 공중에서 오른쪽 다리를 뒤로 접은 그는, 천근추의 수법으로 빠르게 추락하며, 오른쪽 무릎에 강기를 실어, 단시월의 얼굴 위로 다시금 떨어졌다.

쾅—!

강기의 충돌로 폭음이 발생하며 류무극의 몸이 뒤로 쭉 밀려났다. 류무극은 몇 번 보법을 펼치는 것으로 자세를 잡았다. 그런데 순간 뒤쪽에서 느껴지는 강렬한 살기에 고개를 돌리지 않을 수 없었다.

그곳에는 어느새 가까이 다가온 단시월이 류무극의 다리 사이에 오른쪽 다리를 밀어 넣고 있었다.

팍—!

단시월의 왼쪽 무릎이 류무극의 턱 주변을 가격했다. 다행인 것은 류무극이 양손을 가져와 방어했다는 점이다. 하지만 무릎에 담긴 내력이 상당해서인지, 턱에 도달한 충격은 작지는 않았다.

단시월은 뒤쪽으로 크게 왼손을 뻗었다. 그의 표정은 놀랍도록 차가웠다. 지금까지 보여 준 괴기한 모습은 온데간데없었다.

완전한 살심.

그는 그의 전력을 담아 왼손 주먹에 모든 기운을 집중시켜 류무극의 얼굴 쪽으로 정권을 내질렀다.

너무나 빠른 공격과 강력한 내력.

류무극은 결국 마선공을 사용할 수밖에 없었다.

휙.

단시월의 주먹이 공중에 멈췄다. 동시에 단시월의 두 눈이 부릅떠졌다.

그곳에 당연히 있어야 할 류무극이 없었기 때문이다.

뿐만 아니라, 뒤쪽에서 가공할 기운이 느껴졌다.

단시월은 순전히 본능적으로 그 자리에서 뛰며 뒤쪽으로

반바퀴 돌면서 오른쪽 다리를 뻗었다. 이에 막 단시월을 공격한 류무극의 손목과 충돌하며, 그의 공격을 옆으로 쳐 낼 수 있었다.

"잠깐."

단시월이 말을 꺼내자, 막 다시금 공격하려던 류무극의 주먹이 우두커니 섰다.

"왜요? 한참 재밌어지려고 하는데."

단시월은 고개를 끄덕였다.

"그건 맞지. 그건 맞아. 근데 아쉽게도 네가 방금 선보인 무공을 보니, 묻지 않을 수 없어서 그런다. 너 피 장로하고 무슨 관계냐?"

"아무 관계없는데요?"

"그래?"

"예."

단시월의 두 눈이 다시금 좁아졌다. 다만 저번처럼 초승달을 그리는 대신 길게 쭉 찢어진 모양이었다.

한참을 그렇게 바라본 그는 갑자기 품 속에 손을 넣었다. 류무극의 두 눈이 작아졌따.

"남자들끼리 싸우는데 갑자기 무기는 꺼내는 겁니까? 실망입니다."

"설마, 선물 주려고."

단시월이 품속에서 꺼낸 것은 금패였다.

류무극이 금패와 단시월을 번갈아 보더니 말했다.

"그걸 준다고요?"

"어."

단시월은 금패를 아예 던져 버렸다.

"……"

단시월은 몸을 돌렸다. 그리곤 식당의 문 쪽으로 갑자기 걸어가면서 손을 들어 양 옆으로 느리게 흔들었다.

"난 이만 자련다. 너희들도 괜한 뻘짓 하지 말고 자라."

그렇게 그는 모두의 황당함 속에서 퇴장했다.

＊　　　＊　　　＊

단시월과 류무극 간의 짧은 싸움.

그것은 단순한 비무가 아니라 서로 완전한 살심을 가지고 임한 생사혈전이었다. 비무에선 어느 정도 힘과 내력을 조절하기도 하고, 사용하는 초식명을 미리 외쳐 공격할 것을 알려 주는 식으로 서로 다치지 않게 한다.

하지만 그들 사이의 싸움은 말은커녕 숨 한 번 제대로 쉴 수 없을만큼 가쁘게 진행되었다. 움직임 하나하나에도 서로를 죽이겠다는 강렬한 의지가 내포되어 있어, 상대방이 피하지 못했다면, 분명 살인이 이뤄졌을 것이 분명했다.

용봉지회에 모여든 신진 고수들은 그러한 생사혈전에 익숙하지 않았다. 대부분 좋은 부모님과 좋은 집 안에서 귀하게 자란 몸들이다. 그렇지 않은 사람들도 자기보다 한참 무공이 약한 낭인들과 생사혈전을 해 본 것으로, 마치 무림을 전부 경험한 것처럼 자랑하는 수준이었다.

때문에 그들이 보여 준 싸움은 모두에게 묘한 기분을 들게 만들었다. 누구는 침이 튀도록 토론을 하는 가 하면, 누구는 눈을 감고 홀로 명상에 빠져들었다. 단시월이 일찍 사라져 버렸기 때문에 시간이 남았던 용봉들은 각자의 방법으로 류무극과 단시월의 싸움을 회상했다.

그러나 정작 그 싸움의 주인공인 류무극은 그 자리에 없었다. 낙양본부 안쪽엔 큰 인공 호수가 있었는데, 그 위로 넓은 석교가 하나 세워져 있었다. 나무로 만든 난간이 뛰엄 뛰엄 있었는데, 류무극은 그 곳 하나에 몸을 기댄 채로 있었다.

밝은 은색의 달이 빛을 내고 있었지만, 사물을 분간할 정돈 아니었다. 그는 내력으로 안력을 도와 호수 아래에서 헤엄치는 잉어들을 구경했다. 해가 없는 밤에도 활기차게 움직이는 것이 눈으로 쫓기 어려울 정도였다.

"류무극이라고?"

류무극은 저 멀리 석교 끝에서 들리는 목소리에 일절 반응하지 않았다. 그의 시선은 여전히 호수 아래를 향해 있었다.

그는 가만히 침묵을 지키다가, 이내 나지막하게 말했다.

"아버지신가요?"

피월려는 천천히 돌다리를 걸었다. 그리고 그의 옆에 다가왔다. 그때까지도 류무극은 미동조차 하지 않았다.

피월려는 그와 동일한 자세로 호수를 내려다보며 말했다.

"어머니가 말했느냐?"

류무극은 피식 웃었다.

"아뇨. 평생 같이 살면서 조금도 실마리를 남기지 않았어요. 저 나름 머리가 좋거든요. 그런데 이번에 집을 떠나기 전까지는 정말 단 하나의 단서도 없었죠."

"네 어머니도 천음지체였다. 일반인과 오성이 남다르지."

"아버지도 그렇겠지요? 둘 중 하나라도 평범했다면 제가 이리 똑똑할 리가 없어요."

"나도 자라기는 천하게 자랐지만, 어머니 쪽 핏줄이 고급지긴 했지."

"사연이 있군요."

"들려 주랴?"

류무극은 처음으로 반응을 보였다.

고개를 살짝 흔든 것이다.

"어머니께서 아버지에 대해서 알지 못하게 하신 이유가 있겠죠."

"그래도 나와 만나리라는 것을 뻔히 알고 낙양본부로 보낸 걸 보면, 이젠 만날 준비가 되었다고 생각했을 수도 있다."

"하지만 말은 안하셨으니까. 전 모르는 척할 거예요."

피월려는 작은 미소를 입에 머금었다.

그는 나지막하게 물었다.

"그럼 내가 아버지인 것을 어떻게 알았느냐?"

류무극은 어이없다는 듯 웃어 버렸다.

"아니, 누가 봐도 너무 판박이잖아요. 아까 그 대회의에서 사람들 얼굴 표정 봤어요? 제가 나타나자마자 다들 놀라서 말을 못하던데."

"그건 능공허도 때문 아니고?"

"설마요. 다들 한 가닥 하시는 분들일 텐데."

"……."

"아니, 이렇게 비슷하게 생겼으면서 지금까지 숨겨 온 건 뭔지. 참 나, 뭔가 너무 허무하기 짝이 없어요. 그리고 이렇게 바로 절 찾아오는 건 또 뭡니까?"

"그래? 그럼, 내가 실수한 것이냐?"

류무극은 깊은 한숨을 쉬었다.

"그럼요, 아버지. 적어도 처음엔 살수 한 번 정도는 보내셨어야지요."

피월려가 놀라 물었다.

"뭐?"

류무극은 한 손으로 머리를 쓸어올리며 말했다.

"보세요. 자, 일단 처음에는 저한테 살수를 보내는 거예요. 네? 하지만 제 실력을 잘 몰랐던 살수는 저한테 일검에 죽어요. 하지만 전 생각하는 거죠? 어? 혹시 어머니는? 그리고 전 전속력으로 어머니에게 갑니다. 하지만 어머니께서는… 이미 치명상을 입으셨어요. 그래서 죽어 가는 어머니께서 마지막을 말은 남겨요. 나, 낙양본부… 뭐 이렇게."

"……"

"그래서 전 흉수가 낙양본부에 있다고 믿고, 복수의 칼을 가는 거죠. 그리고 낙양본부에 잠입할 계획을 세우는 겁니다. 마침 하북팽가의 소가주에게 용의 권리가 있다는 소식을 듣는 거죠. 그래서 전 북경류가의 이름을 높일 겸해서 하북팽가의 소가주와 비무를 하려고 합니다. 하북팽가는 일언지하에 거절했지만, 과거의 인연 때문에 어쩔 수 없이 하룻밤은 묵고 가라고 하지요. 하지만 그 날 밤, 하북팽가에서 두 번째 살수를 맞이하죠. 첫 번째보단 훨씬 강력하지만 전 어찌저찌 물리칩니다. 왜냐면 전 주인공이니까요. 강하거든 요."

"……"

"그런데 그 와중에 하북팽가의 금지옥엽의 목숨을 구해 줍니다. 그리고 뭐, 이런저런 일들이 일어나지요. 하북팽가의 가주는 감사하다는 말과 함께 용의 권리를 양도합니다. 양도 받은 전 이제 낙양본부로 갑니다. 그런데 가던 도중 객잔에 서……"

"객잔부터는 좀 넘어가자. 흑도문파도 한 두 세 개쯤 박살 냈다고 치고, 낙양본부 도착. 그래서?"

"크흠, 아무튼 용봉지회에 어찌저찌 도착합니다. 아니, 그런 데 글쎄 여기서 그간 많은 인연이 닿았던 미녀분들과 다시 재 회하는 것 아닙니까? 그런데 그중 한 명의 무공이 기이하다는 것을 눈치챕니다. 그리고 그것은 어디서 많이 봤다 싶었는데 바로……"

"첫 번째 살수?"

"첫 번째 살수는 제가 죽였는데요?"

"그건 말 안 했잖아."

"그럼, 그런 걸로 하죠."

"아, 그래. 알았어."

"크흠, 다시 하면. 그 첫 번째 살수의 술수와 너무 유사한 것입니다. 이를 일단 마음속으로만 기억해 둡니다. 그리고 용봉지회의 참관인들이 하나둘씩 나타나죠. 그런데 이상하게 이들이 저한테만 부당하게 굽니다. 북경류가라는 이름도 듣지도 못한 출신이라고 무시하는 거죠. 하지만 단순히 그런다고 하기에는, 목숨까지도 위협하는 일이 종종 일어납니다. 그래서 다시 더 깊이 의심하게 되고, 전 결국 천마신교 낙양 본부의 교주가 바로 이 모든 일의 흑막이라는 것을 깨닫지요."

"교주? 난 대장로인데?"

"아, 그러고 보니까, 그거 묻고 싶었어요. 왜 교주 아니고 대장로예요? 솔직히 판만 놓고 보면 무조건 교주 해야 맞잖아요?"

"그야 뭐, 귀찮아서."

"……"

"이해하지?"

"네, 이해할게요. 아무튼 그래서, 그 교주가… 아니, 대장로가 나중에 알고 보니 제 아버지이신거죠. 그것도 막 마지막 혈투를 앞두고는 저한테 말하는 거예요. '내가 너의 아버지다' 이런 식으로. 제 평정심을 흔들려고 하는 거죠. 하지만 전 어머니께 받은 비기를 이용해서……."

"그런 것도 있었냐?"

"있다 하죠."

"그래, 그래서?"

"아버지를 무찌르고, 지금까지 만났던 여인들과 모두 결혼해서 행복하게 사는 거죠."

"……"

"그런데 이렇게 그냥 호수 보고 있는데, 갑자기 찾아와서 분위기 깨면 어떻게 합니까?"

피월려는 고개를 돌려 류무극을 보았다.

언제부터인지, 류무극은 그를 바라보고 있었다.

피월려가 말했다.

"보고 싶었다."

"어머니 때문이죠? 제가 북경류가를 잇지 않을까 봐."

"……"

"어머니 탓하기 싫어서 말씀 안 하는 거 알아요. 천후 아저씨를 통해서 아버지께 몰래 몰래 편지 쓰기도 했는데, 받아 보셨어요?"

"십 년 전에 마지막으로 받았던 거 같은데."

"그야 그때 딱 사춘기라서. 답장도 없는데, 뭐 하러 쓰고 있나 싶었죠. 천후 아저씨도 일절 말씀 안 해 주셔서."

"……"

"아무튼 그래서 오늘 이렇게 나타나신 이유는 뭐예요? 저한테 전수해 준 마선공의 비기 뭐 이런 거 가르쳐 주시는 거예요? 아니면, 막 내공이 열 배로 늘어나는 영약 같은 거?"

피월려는 고개를 절래절래 흔들었다.

"아니, 그냥 얼굴 보고 싶었다."

"……."

"그래서 왔어."

"어머니와 맹세를 깨면서까지?"

피월려는 어깨를 들썩였다.

"네 어머니와 약속한 것을 엄밀히 말하면 네가 성인이 될 때까지 말하지 않는 것이다. 네가 성인이 되고나서도 네 생각에 어떤 영향을 주지 않겠다고만 했지, 네 앞에 나서지 않겠다느니 혹은 말하지 않겠다느니 한 적은 없다."

"어떤 생각이요?"

"알지 않느냐? 류무극으로 살지, 피무극으로 살지. 난 어디까지나 네 의견을 완전히 존중한다. 이제 와서 감히 아버지 노릇은 하지 않을 거야."

류무극은 고개를 저었다.

"그러셔도 괜찮아요. 딱히 악감정이 있는 건 아니에요."

"……."

"어머니께서 절 기르면서 한 번도 아버지를 원망하거나 욕한 적 없으세요. 또 천후 아저씨를 통해서 저희 모자가 필요한 모든 것을 채워 주셨으니, 어찌 보면 도리는 다한 셈이지요. 그러니 그렇게 말씀하실 건 없으세요."

"그렇게 말해 주니 고맙다."

류무극은 고개를 다시 돌리곤 호수를 바라보았다.

그리곤 조용히 말했다.

"물론 그렇다고 갑자기 성을 바꿀 순 없을 거예요. 어머니께서 항상 북경류가를 일으켜야 한다고 강조하셨거든요. 그러다 보니 어쩔 수 없이 제 마음에 큰 짐으로 남아 있어요. 때문에 계속 류무극으로 남겠어요."

"방금 말했다시피, 네 생각에 영향을 미치지 않겠다. 네가 그렇다면 그런 것이겠지."

"도와는 주실 거죠?"

피월려는 팔짱을 꼈다.

"물론. 전적으로 도와주마. 네가 큰 대가족을 꾸릴 수 있도록 말이다."

그때 류무극이 슬쩍 피월려 쪽으로 고개를 돌렸다. 의미심장한 표정으로 그와 눈을 마주친 류무극은 다시 고개를 돌려 호수 아래를 바라보았다.

"그럼 그런 의미에서 말씀드리는데……."

"그래. 편하게 말하거라."

"크흠, 그 운우향 소저의 아버지와는 친하십니까?"

"운우향? 아, 운정 도사 말이구나."

"친한가 봐요?"

"대작할 정도는 되지. 왜?"

류무극은 한숨을 살짝 쉬더니 말했다.

"보아하니 자질도 뛰어나고 지혜도 있고 또 미모까지 겸하고 있으니, 북경류가의 안주인으로써 손색이 없는 것 같아서요."

솔직하다 못해 노골적인 그 말에 피월려는 헛웃음을 지었다.

"진심이냐?"

"사내가 여인을 대함에 있어 당연히 진심이지요."

"……"

"가능하시면 주선해 주시지요. 아버지 아들이라고 하면 그쪽에서도 굳이 거절할 것 아닌 것 같던데요."

피월려는 팔짱을 풀더니 허리에 놓았다.

"그럼 하북팽가의 금지옥엽은?"

"……"

"내가 모를 것 같았냐?"

류무극은 이마에 손을 올리곤 도리도리 흔들었다.

"천후 아저씨가 말씀드렸나보군요."

"그게 중요하니? 둘이 이미 약혼까지 한 사이라며?"

류무극은 팔을 내렸다.

그리고 또렷한 눈길로 피월려를 직시하며 말했다.

"말했다시피 전 북경류가를 부흥시킬 겁니다."

"······."

"마지막 남은 핏줄인 전 가솔을 늘려야 할 아주 막중한 의무가 있습니다."

"······."

"특히 북경류가가 설립된 이후, 안전을 확보하기 위해서라도 다른 많은 유명 가문들과 동맹을 맺어야 합니다."

"······."

"그 두 가지 토끼를 모두 다 잡는 기가 막힌 혜안인데 어찌 아버지께서는 그걸 비난하십니까?"

피월려는 어깨를 들썩였다.

"네 말이 맞다. 어디 부끄러워서 원. 진짜 살수라도 보낼 걸 그랬어."

"하하하."

류무극은 통쾌하게 웃었다.

피월려는 몸을 돌리며 말했다.

"혹여 더 부탁할 것이 있다면 이후에도 말하거라."

류무극은 멀어지는 피월려의 뒷모습을 바라보았다.

그가 말했다.

"우선은 홀로 경험을 쌓겠습니다, 아버지."

"……."

피월려의 몸이 우두커니 섰다.

류무극은 시선을 돌리며 말을 이었다.

"찾아와 주셔서 고마워요."

피월려는 가만히 서 있다가, 이내 다시금 천천히 멀어졌다.

그때 한 매혹적인 삼십 대 초반의 여인의 나타나 피월려의 옆에 딱 붙었다. 고혹적인 미소를 짓고 있는 그녀의 냉기 어린 눈빛을 보니, 필히 음한지공을 익힌 고수인 듯했다.

그 여인은 어머니만큼이나 아름다웠다.

"부전자전이라고. 내 주변에 여인이 많은 건 내 잘못이 아니네."

부자 간의 상봉은 둘이 생각했던 것보다 훨씬 평범했고 또 심심하게 끝이 났다.

둘 다 잘 알 수 없었지만, 부자지간이라는 것이 원래 그런 것이라고 어렴풋이 짐작할 뿐이었다.

류무극은 홀로 남은 채로 오랫동안 호수를 보았다.

그 위에 뿌려진 달과 별을 구경했다.

얼마나 지났을까?

그가 조용히 말했다.

"참으로 망월가가 듣고 싶은 밤이야."

外章 完